Translated Language Learning

Alice's Adventures in Wonderland

ماجراهای آلیلوئیس کارولس در سرزمین عجایب

Lewis Carroll

لوئیس کارول

English / فارسی

Down the Rabbit Hole
پایین سوراخ خرگوش

Alice was beginning to get very tired

آلیس داشت خیلی خسته می شد

she was sitting by her sister on the grass bank

او در کنار خواهرش در ساحل چمن نشسته بود

but she had nothing to do

اما او هیچ کاری برای انجام دادن نداشت

her sister was reading a book

خواهرش داشت کتاب می خواند

once or twice Alice peeped into the book

یکی دو بار آلیس به کتاب نگاه کرد

but the book had no pictures or conversations in it

اما کتاب هیچ عکس یا مکالمه ای در آن نداشت

"what use is a book without pictures?," thought Alice

آلیس فکر کرد» :کتاب بدون عکس چه فایده ای دارد؟«

"why would a book have no conversations?"

"چرا یک کتاب هیچ مکالمه ای ندارد؟"

but she had other things to consider

اما او چیزهای دیگری برای در نظر گرفتن داشت

"making a chain of daisies would be a pleasure"

"ساختن زنجیره ای از گل مروارید لذت بخش خواهد بود"

"but is it worth the effort of getting up and picking the daisies??"

"اما آیا ارزش تلاش برای بلند شدن و چیدن گل مروارید را دارد؟؟"

this was not so easy to think about

فکر کردن به این موضوع چندان آسان نبود

because the day was making her feel sleepy and stupid

چون روز باعث می شد او احساس خواب آلودگی و احمقی کند

but suddenly her thoughts were interrupted

اما ناگهان افکارش قطع شد

a White Rabbit with pink eyes ran close by her

یک خرگوش سفید با چشمان صورتی نزدیک او دوید

There was nothing overly remarkable about the rabbit

هیچ چیز بیش از حد قابل توجهی در مورد خرگوش وجود نداشت

and Alice did not think the rabbit remarkable either

و آلیس فکر نمی کرد که خرگوش قابل توجه باشد

nor did it surprise her when the Rabbit spoke

همچنین وقتی خرگوش صحبت می کرد او را شگفت زده نکرد

"Oh dear! I shall be too late!" he said to himself

"اوه عزیزم !من خیلی دیر خواهم شد «!او با خود گفت

but then the Rabbit did something that rabbits didn't do

اما بعد خرگوش کاری کرد که خرگوش ها انجام ندادند

the Rabbit took a watch out of its waistcoat-pocket

خرگوش ساعتی را از جیب جلیقه اش بیرون آورد

he looked at the time and then hurried on

او به زمان نگاه کرد و سپس با عجله ادامه داد

Alice got to her feet, in amazement

آلیس با تعجب روی پاهایش ایستاد

she had never seen a rabbit with a waistcoat before!

او قبلا هرگز خرگوش با جلیقه ندیده بود!

nor had she ever seen a rabbit with a watch!

و هرگز خرگوشی با ساعت ندیده بود!

Alice was burning with a new curiosity

آلیس با کنجکاوی جدیدی می سوخت.

and she ran across the field after the Rabbit

و او به دنبال خرگوش در سراسر مزرعه دوید

she was just in time to see the rabbit disappear

او درست به موقع بود تا ناپدید شدن خرگوش را ببیند

the rabbit hopped down into a large rabbit-hole

خرگوش به داخل یک سوراخ بزرگ خرگوش پرید

In another moment, down went Alice after the rabbit!

در یک لحظه دیگر، آلیس به دنبال خرگوش رفت!

The rabbit-hole went straight on like a tunnel

سوراخ خرگوش مستقیم مانند یک تونل پیش می رفت

and the tunnel kept going for some distance

و تونل تا مسافتی ادامه داد

and then the path suddenly dipped down

و سپس مسیر ناگهان پایین آمد

Alice had not a moment to think about stopping herself

آلیس لحظه ای نداشت که به متوقف کردن خودش فکر کند

she found herself falling down and down and down

او خود را در حال افتادن و پایین و پایین یافت

it seemed as if she had fallen down a very deep well

به نظر می رسید که او در یک چاه بسیار عمیق افتاده است

Either the well was very deep, or she fell very slowly

یا چاه خیلی عمیق بود یا خیلی آهسته سقوط کرد

because she had plenty of time to fall

چون او زمان زیادی برای افتادن داشت

as she was falling she could look all around her

همانطور که داشت در حال سقوط بود می توانست به اطرافش نگاه کند

First, she tried to make out where she was going

ابتدا سعی کرد بفهمد کجا می رود

but the well was too dark to see anything

اما چاه تاریک تر از آن بود که چیزی ببیند

then she looked at the sides of the well

سپس به کناره های چاه نگاه کرد

and she noticed that there were cupboards all around her

و متوجه شد که کمدهایی در اطراف او وجود دارد

and all around the well were book-shelves

و در اطراف چاه قفسه های کتاب بود

here and there she saw maps and pictures hung upon pegs

اینجا و آنجا نقشه ها و عکس هایی را می دید که روی گیره ها آویزان
شده بودند

She took down a jar from one of the shelves as she passed

او هنگام عبور یک شیشه را از یکی از قفسه ها پایین آورد

the jar was labelled for its content

شیشه به دلیل محتوای آن برچسب گذاری شده بود

"MARMALADE MADE FROM ORANGES"

"مارمالاد ساخته شده از پرتقال"

but, to her great disappointment, the marmalade jar was
empty

اما، در کمال ناامیدی او، کوزه مارمالاد خالی بود

she did not want to drop the empty marmalade jar

او نمی خواست شیشه خالی مارمالاد را رها کند

and her fall was very slow

و سقوط او بسیار آهسته بود

so she managed to put the marmalade jar into one of the
cupboards

بنابراین او موفق شد شیشه مارمالاد را در یکی از کمدها بگذارد

Down, down, down she fall!

پایین، پایین، پایین او می افتد!

Would the fall ever come to an end?

آیا سقوط هرگز به پایان می رسد؟

There was nothing else to do

کار دیگری برای انجام دادن وجود نداشت

so Alice soon began talking to herself

بنابراین آلیس به زودی شروع به صحبت با خودش کرد

"Dinah will miss me very much tonight, I should think!"

"دینا امشب خیلی دلتنگ من خواهد شد، باید فکر کنم"!

Dinah was Alice's cat

دینا گربه آلیس بود

"I hope they'll remember her saucer of milk at tea-time"

"امیدوارم آنها نعلبکی شیرش را در زمان چای به یاد بیاورند"

"Dinah, my dear, I wish you were down here with me!"

»دینا، عزیزم، ای کاش اینجا با من بودی«!

Alice felt that she was dozing off

آلیس احساس کرد که دارد چرت می زند

and then suddenly, thump! thump!

و سپس ناگهان، کوبید! کوبید!

down she fell upon a heap of sticks

او روی توده ای از چوب ها افتاد

and she landed on a pile of dry leaves

و روی انبوهی از برگ های خشک فرود آمد

and finally the long fall down the hole was over

و بالاخره سقوط طولانی از سوراخ تمام شد

Alice was not a bit hurt

آلیس ذره ای آسیب ندید

and she jumped up within a moment

و او در عرض یک لحظه از جا پرید

She looked up, but it was all dark overhead

او به بالا نگاه کرد، اما همه چیز بالای سرش تاریک بود

in front of her was another long corridor

جلوی او یک راهرو طولانی دیگر بود

and the White Rabbit was still in sight

و خرگوش سفید هنوز در دید بود

he was hurrying down the corridor

او با عجله به سمت راهرو می رفت

There was not a moment to be lost

لحظه ای برای از دست دادن وجود نداشت

off ran Alice like the wind

خاموش دوید آلیس مثل باد

around the corner turned the rabbit

در گوشه ای خرگوش چرخید

she was just in time to hear the rabbit

او درست به موقع بود تا صدای خرگوش را بشنود.

""Oh, my ears and whiskers"

"آه، گوش ها و سبیل های من"

"how late it's getting!"

"چقدر دیر شده است"!

She was close behind the rabbit

او نزدیک پشت سر خرگوش بود

she turned around another corner

او به گوشه دیگری برگشت

but the Rabbit was no longer to be seen

اما خرگوش دیگر دیده نمی شد

She found herself in a long, low hall

او خود را در یک سالن بلند و کم ارتفاع یافت

the hall was lit up by a row of ceiling lamps

سالن با ردیفی از لامپ های سقفی روشن شده بود

There were doors all around the hall

درهایی در اطراف سالن وجود داشت

but all the doors were locked

اما همه درها قفل بودند

she walked all the way down one side of the hall

او تمام راه را از یک طرف راهرو پایین رفت

and she had walked all the way up the other side of the hall

و او تمام راه را از آن طرف راهرو بالا رفته بود

she had tried every door

او هر دری را امتحان کرده بود

and she walked sadly down the middle of the hall

و او با ناراحتی از وسط راهرو قدم زد

"how am I ever going to get out again?"

"چطور می خواهم دوباره بیرون بیایم؟"

Suddenly she came upon a little table

ناگهان به میز کوچکی برخورد کرد

the table was made entirely of solid glass

میز کاملا از شیشه جامد ساخته شده بود

There was nothing on the table but a tiny golden key

چیزی روی میز نبود جز یک کلید طلایی کوچک

the key might belong to one of the doors!

کلید ممکن است متعلق به یکی از درها باشد!

but, alas! some of the locks were too large for the keys

اما، افسوس !برخی از قفل ها برای کلیدها خیلی بزرگ بودند

and for the other locks the key was too small

و برای قفل های دیگر کلید خیلی کوچک بود

but, at any rate, the key opened none of the doors

اما، به هر حال، کلید هیچ یک از درها را باز نکرد

but what was she to do?

اما او باید چه کار می کرد؟

she went through the hall again

او دوباره از سالن عبور کرد

and this time she noticed a low curtain

و این بار متوجه پرده ای کم شد

behind the curtain was a little door

پشت پرده در کوچکی بود

the door was about fifteen inches high

در حدود پانزده اینچ ارتفاع داشت

She tried the little golden key in the lock

او کلید طلایی کوچک قفل را امتحان کرد

and to her great delight, the key fit in the lock!

و در کمال خوشحالی او، کلید در قفل قرار گرفت!

Alice opened the door

آلیس در را باز کرد

and she found the door led into a small corridor

و متوجه شد که در به راهروی کوچکی منتهی می شود

the corridor was not much larger than a rat-hole

راهرو خیلی بزرگتر از یک سوراخ موش نبود

she knelt down and looked along the corridor

زانو زد و به راهرو نگاه کرد

and she saw the loveliest garden you have ever seen

و او زیباترین باغی را دید که تا به حال دیده اید

how she longed to get out of that dark hall

چقدر آرزو داشت از آن سالن تاریک خارج شود

how she wanted to wander among those bright flowers

چقدر می خواست در میان آن گل های روشن پرسه بزند

how cool refreshing those fountains looked

آن فواره ها چقدر باحال به نظر می رسیدند

but she could not even get her head through the doorway

اما او حتی نمی توانست سرش را از در عبور دهد

"Oh," said Alice, mournfully

«اوه» :گفت اندوه با آلیس

"how I wish I could fold up like a telescope!"

"چقدر آرزو می کنم که می توانستم مثل تلسکوپ جمع شوم"!

"I think I could fold up like a telescope"

"فکر می کنم می توانم مثل یک تلسکوپ جمع شوم"

"if I only knew how to begin"

"اگر فقط می دانستم چگونه شروع کنم"

Alice went back to the table

آلیس به میز برگشت

there was the chance of finding another key

شانس پیدا کردن کلید دیگری وجود داشت

or there might be a book of rules

یا ممکن است کتابی از قوانین وجود داشته باشد

the book could tell her how to fold up like a telescope

کتاب می تواند به او بگوید که چگونه مانند تلسکوپ تا شود

This time she found a little bottle

این بار او یک بطری کوچک پیدا کرد

"this bottle certainly was not here before," said Alice

آلیس گفت" :این بطری مطمئنا قبلا اینجا نبود

and tied around the neck of the bottle was a paper label

و دور گردن بطری یک برچسب کاغذی بسته شده بود

the label was beautifully printed in large letters

برچسب به زیبایی با حروف بزرگ چاپ شده بود

"DRINK ME"

"مرا بنوش"

"No, I'll look first," she said

او گفت» :نه، اول نگاه می کنم

"I'll see whether the bottle is marked as poisonous or not,"

"من می بینم که آیا بطری به عنوان سمی علامت گذاری شده است یا نه،"

because she never forgot the lesson about poison

زیرا او هرگز درس زهر را فراموش نکرد

"if a bottle is labelled poisonous, it's bound to disagree with you"

"اگر یک بطری برچسب سمی داشته باشد، مطمئنا با شما مخالف است"

However, this bottle was not marked as poisonous

با این حال، این بطری به عنوان سمی مشخص نشده بود

so Alice ventured to taste the content of the bottle

بنابراین آلیس جرأت کرد محتوای بطری را بچشد

she found the liquid quite to her liking

او مایع را کاملا به دلخواه خود یافت

the drink had a sort of mixed flavour

این نوشیدنی نوعی طعم مخلوط داشت

cherry-tart, custard, and pineapple

تارت گیلاس، کاستارد و آناناس

roast turkey, toffee, and toast with hot butter

بوقلمون، تافی و نان تست با کره داغ

and she soon finished off the bottle

و او به زودی بطری را تمام کرد

"What a curious feeling!" said Alice

آلیس گفت» :چه احساس عجیبی«!

"I am folding up like a telescope!"

"من مثل تلسکوپ جمع می شوم"!

And she was folding up like a telescope indeed!

و او واقعا مثل یک تلسکوپ جمع شده بود!

She was now only ten inches high

او اکنون فقط ده اینچ قد داشت

and her face brightened up at her thoughts

و صورتش از افکارش روشن شد

now she was the the right size for the little door

حالا او اندازه مناسبی برای در کوچک بود

now she could go into that lovely garden

حالا او می توانست به آن باغ دوست داشتنی برود

soon she stopped getting smaller

به زودی او دیگر کوچک تر نشد

she decided on going into the garden at once

او تصمیم گرفت فورا به باغ برود

but, alas for poor Alice!

اما، افسوس، برای آلیس بیچاره!

she got to the door

او به در رسید

but she had forgotten the little golden key

اما او کلید طلایی کوچک را فراموش کرده بود

she went back to the table for the key

او به میز برگشت تا کلید را بگیرد

but she found she could not reach high enough

اما متوجه شد که نمی تواند به اندازه کافی بالا برود

she could see the key quite plainly through the glass

او می توانست کلید را به وضوح از طریق شیشه ببیند

she tried to climb up the legs of the table

سعی کرد از پاهای میز بالا برود

but the glass was far too slippery

اما شیشه خیلی لغزنده بود

eventually she tired herself out with trying

سرانجام او با تلاش خود را خسته کرد

and the poor little girl sat down and cried

و دختر کوچک بیچاره نشست و گریه کرد

Alice spoke to herself rather sharply

آلیس با خودش نسبتا تند صحبت کرد

"Come, there's no use in crying like that!"

"بیا، گریه کردن اینطور فایده ای ندارد"!

"I advise you to stop right this minute!"

"من به شما توصیه می کنم همین لحظه متوقف شوید"!

She generally gave herself very good advice

او به طور کلی به خودش توصیه های بسیار خوبی می کرد

though she very seldom followed her own advice

اگرچه او به ندرت از توصیه های خود پیروی می کرد

and she sometimes was too harsh on herself

و گاهی اوقات بیش از حد با خودش خشن بود

and her words brought tears into her eyes

و حرف هایش اشک در چشمانش آورد

Soon her eye fell upon a little glass box

به زودی چشمش به یک جعبه شیشه ای کوچک افتاد

the little glass box was lying under the table

جعبه شیشه ای کوچک زیر میز افتاده بود

in the glass box was a very small cake

در جعبه شیشه ای یک کیک بسیار کوچک بود

on the cake some words were beautifully written

روی کیک چند کلمه به زیبایی نوشته شده بود

the words had been marked in currants

کلمات با توت علامت گذاری شده بودند

"EAT ME"

"مرا بخور"

"Well, I'll eat the cake," said Alice

آلیس گفت» :خوب، من کیک را می خورم

"and if the cake makes me grow larger, I can reach the key"

"و اگر کیک باعث بزرگتر شدن من شود، می توانم به کلید برسم"

"and if the cake makes me grow smaller, I can creep under

the door"

"و اگر کیک باعث کوچکتر شدن من می شود، می توانم زیر در بخزم"

"so either way I'll get into the garden"

"بنابراین در هر صورت من وارد باغ می شوم"

"and I don't care which of the two happens!"

"و من اهمیتی نمی دهم که کدام یک از این دو اتفاق می افتد"!

She ate a little bit of the cake

او کمی از کیک را خورد

and she anxiously spoke to herself:

و با نگرانی با خود صحبت کرد:

"Which way? Which way?"

»کدام طرف؟ کدام طرف؟"

and she held her hand on her head

و دستش را روی سرش گرفت

she wanted to feel which way she was growing

او می خواست احساس کند که به کدام سمت رشد می کند

she was quite surprised to find what had happened

او از اینکه متوجه شد چه اتفاقی افتاده بود کاملا شگفت زده شد

she had remained the same size!

او در همان اندازه باقی مانده بود!

so this time she doubled her efforts

بنابراین این بار او تلاش خود را دو برابر کرد

and soon she finished off the whole cake

و به زودی کل کیک را تمام کرد

The Pool of Tears

حوض اشک

"This is getting more and more interesting!" cried Alice

"این بیشتر و جالب تر می شود "آلیس فریاد زد

You can see she was very surprised

می بینید که او بسیار شگفت زده شده بود

"I'm opening out like the largest telescope there ever was!"

"من مانند بزرگترین تلسکوپی که تا به حال وجود داشته است باز می کنم"!

"Good-bye, feet! Oh, my poor little feet"

"خداحافظ، پاها اآه، پاهای کوچک بیچاره من"

"I wonder who will put on your shoes for you now, dears?"

"من تعجب می کنم که الان چه کسی کفش های شما را برای شما می پوشد، عزیزان؟"

"and I wonder who will put on your stockings?"

«و من تعجب می کنم که چه کسی جوراب های شما را می پوشد؟»

"I shall be a great deal too far away"

"من خیلی خیلی دور خواهم بود"

"I won't be able trouble myself about you anymore"

"من دیگر نمی توانم خودم را در مورد تو به دردسر بیندازم"

Just at this moment her head struck against something

درست در این لحظه سرش به چیزی برخورد کرد

she had reached the roof of the hall

او به پشت بام سالن رسیده بود

in fact, she was now more than two meters tall

در واقع، او اکنون بیش از دو متر قد داشت

and she at once took up the little golden key

و او فورا کلید طلایی کوچک را برداشت

and she hurried off to the garden door

و با عجله به سمت در باغ رفت

Poor Alice! There was not much she could do

بیچاره آلیس اکار زیادی نمی توانست انجام دهد

she laid down on one side

او به یک طرف دراز کشید

and she looked through into the garden with one eye

و با یک چشم به باغ نگاه کرد

but to get through was more hopeless than ever

اما عبور از همیشه ناامیدکننده تر از همیشه بود

She sat down and began to cry again

او نشست و دوباره شروع به گریه کرد

She went on shedding gallons of tears

او به ریختن گالن اشک ادامه داد

soon there was a large pool all around her

به زودی یک استخر بزرگ در اطراف او وجود داشت

and the water reached half-way down the hall

و آب به نیمه راه سالن رسید

After a time, she heard a little pattering of feet

پس از مدتی، صدای کمی تق تق پاها را شنید

she heard the feet coming from the distance

او صدای پاها را از دور شنید

and she hastily dried her eyes to see what was coming

و با عجله چشمانش را خشک کرد تا ببیند چه چیزی در راه است

It was the White Rabbit returning

این خرگوش سفید بود که در حال بازگشت بود

he was splendidly dressed

او لباس های باشکوهی پوشیده بود

he had a pair of white gloves in one hand

او یک جفت دستکش سفید در یک دست داشت

and he had a large feather fan in the other hand

و او یک بادبزن پر بزرگ در دست دیگر داشت

He came trotting along in a great hurry

او با عجله زیادی با یورتمه به جلو آمد

and he muttered to himself, "Oh! the Duchess, the Duchess!"

و با خود زمزمه کرد: «آه إدوشس، دوشس"!

"Oh! won't she be savage if I've kept her waiting!"

"اوه إآیا او وحشی نخواهد بود اگر او را منتظر نگه داشته باشم»!

When the Rabbit came near her, Alice spoke

وقتی خرگوش به او نزدیک شد، آلیس صحبت کرد

but she spoke in a low, timid voice

اما او با صدایی آهسته و ترسو صحبت کرد

"sir, please stop what you're doing for one moment"

"آقا، لطفا برای یک لحظه کاری را که انجام می دهید متوقف کنید"

The Rabbit startled violently

خرگوش به شدت وحشت زده شد

he dropped the white gloves and the feather fan

دستکش های سفید و پنکه پر را انداخت

and he scurried away into the darkness as fast as he could

و او به سرعت هر چه می توانست به تاریکی دوید

Alice picked up the feather fan and gloves

آلیس پنکه پر و دستکش را برداشت

and she kept fanning herself while she kept talking

و در حالی که به صحبت کردن ادامه می داد، خودش را باد می زد

"Dear, dear! How strange everything is today!"

»عزیزم، عزیزم! امروز چقدر همه چیز عجیب است«!

"yesterday things went on just as usual"

"دیروز همه چیز طبق معمول پیش رفت"

"Was I the same when I got up this morning?"

"آیا من هم همینطور بودم که امروز صبح از خواب بیدار شدم؟"

"But if I'm not the same, there is another question"

"اما اگر من مثل قبل نباشم، سوال دیگری وجود دارد"

"Who in the world am I?"

"من در دنیا کی هستم؟"

"Ah, that's the great puzzle!"

!"آه، این پازل بزرگ است"

As she said this, she looked down at her hands

همانطور که این را می گفت، به دستانش نگاه کرد

she was wearing one of the rabbits little white gloves

او یکی از دستکش های سفید کوچک خرگوش را پوشیده بود

she hadn't noticed she put the glove on while talking

او متوجه نشده بود که هنگام صحبت کردن دستکش را پوشیده است

"How can I have done that?" she thought

«او فکر کرد» :چطور می توانستم این کار را انجام دهم؟»

"I must be growing small again"

"من باید دوباره کوچک شوم"

She got up and went to the table to measure her height

بلند شد و به سمت میز رفت تا قدش را بسنجد

she found that she was now about half a meter tall

او متوجه شد که اکنون حدود نیم متر قد دارد

and she was still shrinking rapidly

و او هنوز به سرعت کوچک می شد

She soon found out what the cause of the shrinking was

او به زودی متوجه شد که علت کوچک شدن چیست

the feather fan was making her smaller again!

!پنکه پر دوباره او را کوچکتر می کرد

and she dropped the feather fan hastily

و بادبزن پر را با عجله رها کرد

she dropped the feather fan just in time to save herself

او پنکه پر را به موقع رها کرد تا خودش را نجات دهد

had she fanned herself any longer she would have shrunk
away entirely

اگر دیگر خودش را باد می زد، کاملا کوچک می شد

"That was a narrow escape!" said Alice

آلیس گفت» :این یک فرار باریک بود«!

and she was a good deal frightened at the sudden change

و او از این تغییر ناگهانی بسیار ترسیده بود

but she was very glad to find herself still in existence

اما او بسیار خوشحال بود که هنوز وجود دارد

"And now, off to the garden!"

»و حالا، به باغ«!

And she ran with all speed back to the little door

و با تمام سرعت به سمت در کوچک دوید

but, alas! the little door was shut again

اما، افسوس !در کوچک دوباره بسته شد

and the little golden key was lying on the glass table again

و کلید طلایی کوچک دوباره روی میز شیشه ای دراز کشیده بود

"Things are worse than ever," thought the poor child

کودک بیچاره فکر کرد» :اوضاع بدتر از همیشه است

"I never was so small as this before, never!"

"من قبلا هرگز به این اندازه کوچک نبودم، هرگز"!

As she said these words, her foot slipped

همانطور که این کلمات را می گفت، پایش لیز خورد

and in another moment there was a great splash!

و در لحظه ای دیگر صدای زیادی به صدا درآمد!

she was up to her chin in salt-water

او تا چانه اش در آب نمک بود

Her first idea was that she had somehow fallen into the sea

اولین ایده او این بود که به نوعی در دریا افتاده است

However, she soon realized what she was in

با این حال، او به زودی متوجه شد که در چه چیزی است

she was in a pool of tears

او در حوضچه ای از اشک بود

the tears she had wept when she was two meters tall

اشک هایی که وقتی دو متر قد داشت گریه کرده بود

Just then she heard something

درست در همان لحظه چیزی شنید

something was splashing about in the pool

چیزی در استخر پاشیده می شد

the splashing came from a little way off

پاشیدن از کمی دور آمد

and she swam nearer to see what the splashing was

و نزدیکتر شنا کرد تا ببیند پاشیدن چیست

she soon saw that it was only a little mouse

او به زودی دید که فقط یک موش کوچک است

the little mouse had slipped in to the water too

موش کوچولو نیز به داخل آب لیز خورده بود

Alice thought to herself about the situation

آلیس با خودش در مورد وضعیت فکر کرد

"Would it be of any use to speak to this mouse?"

»آیا صحبت کردن با این موش فایده ای دارد؟«

"Everything is so up-side-down down here"

"همه چیز اینجا خیلی وارونه است"

"I should think very likely this mouse can talk"

"من باید فکر کنم به احتمال زیاد این موش می تواند صحبت کند"

"at any rate, there's no harm in trying"

"به هر حال، تلاش کردن ضرری ندارد"

So she began trying to talk to the mouse

بنابراین او شروع به تلاش برای صحبت با موش کرد

"Oh Mouse, do you know the way out of this pool?"

"اوه موش، راه خروج از این استخر را می دانی؟"

"I am very tired of swimming about here, Oh Mouse!"

"من از شنا کردن اینجا خیلی خسته شده ام، اوه موش"!

The mouse looked at her rather inquisitively

موش با کنجکاوی به او نگاه کرد

the mouse seemed to wink with one of its little eyes

به نظر می رسید موش با یکی از چشمان کوچکش چشمک می زند

but the little mouse said nothing

اما موش کوچولو چیزی نگفت

"Perhaps the mouse doesn't understand English," thought
Alice

آلیس فکر کرد» :شاید موش انگلیسی نمی فهمد

"I dare say it's a French mouse"

"به جرات می توانم بگویم که این یک موش فرانسوی است"

"perhaps this mouse came over with William the Conqueror"

"شاید این موش با ویلیام فاتح آمده است"

So she began again, in French

بنابراین او دوباره به زبان فرانسوی شروع کرد

"Where is my cat?" she asked in French

"گربه من کجاست؟" "او به فرانسوی پرسید.

it was the first sentence in her French lesson-book

این اولین جمله در کتاب درس فرانسوی او بود

The Mouse gave a sudden leap out of the water

موش به طور ناگهانی از آب بیرون پرید

and the mouse seemed to quiver all over with fright

و به نظر می رسید موش از ترس می لرزد

"Oh, I beg your pardon!" cried Alice hastily

»اوه، من از شما عذرخواهی می کنم «!آلیس با عجله فریاد زد

she was afraid that she had hurt the poor animal's feelings

او می ترسید که احساسات حیوان بیچاره را جریحه دار کرده باشد

"I quite forgot you didn't like cats"

"من کاملا فراموش کردم که تو گربه ها را دوست نداشتی"

"I don't like cats!" cried the Mouse in a shrill, passionate voice

موش با صدایی خشن و پرشور فریاد زد» :من گربه ها را دوست ندارم«!

"Would you like cats, if you were me?"

"آیا گربه می خواهی، اگر من بودی؟"

Alice comforted the mouse in a soothing tone

آلیس با لحنی آرامش بخش موش را آرام کرد

"Well, perhaps I would not like cats if I were you either"

"خوب، شاید اگر من جای تو بودم گربه ها را دوست نداشتم"

"please don't be angry about the mention of cats"

"لطفا از ذکر گربه ها عصبانی نباشید"

"And yet I wish I could show you our cat Dinah"

"و با این حال آرزو می کنم که می توانستم گربه مان دینا را به شما نشان دهم"

"if you met her I think you'd take a fancy to cats"

"اگر او را ملاقات می کردید، فکر می کنم به گربه ها علاقه مند می شدید"

"if you could only see her"

"اگر فقط می توانستی او را ببینی"

"She is such a dear, quiet thing"

"او یک چیز عزیز و ساکت است"

The mouse was shaking all over

موش همه جا می لرزید

Alice felt certain the mouse must be really offended

آلیس مطمئن بود که موش واقعا آزرده شده است

"We won't talk about her any more, if you'd rather not"

"اگر ترجیح می دهید دیگر در مورد او صحبت نخواهیم کرد"

"We, indeed!" cried the Mouse

موش فریاد زد» :ما، واقعا«!

the mouse was trembling down to the end of its tail

موش تا انتهای دمش می لرزید

"As if I would talk on such a subject!"

»انگار در مورد چنین موضوعی صحبت می کنم«!

"Our family always hated cats"

"خانواده ما همیشه از گربه ها متنفر بودند"

"cats; nasty, low, vulgar things!"

"گربه ها. چیزهی زننده، و مبتذل»!

"Don't let me hear the name again!"

"اجازه ندهید دوباره نام را بشنوم"!

"I won't mention cats again indeed!" said Alice

آلیس گفت»: من واقعا دیگر از گربه ها نام نمی برم»!

she was in a great hurry to change the subject

او خیلی عجله داشت که موضوع را تغییر دهد

"Are you... are you fond of dogs?"

"آیا شما ...آیا شما به سگ علاقه دارید؟"

"There is such a nice little dog near our house,"

"یک سگ کوچک خوب نزدیک خانه ما وجود دارد،"

"I should like to show you the little dog!"

»می خواهم سگ کوچولو را به شما نشان دهم»!

"this little dog kills all the rats and...

"این سگ کوچک همه موش ها را می کشد و...

"oh, dear!" cried Alice in a sorrowful tone

»آه، عزیزم «!آلیس با لحنی غمگین فریاد زد

"I'm afraid I've offended you again!"

"می ترسم دوباره به تو توهین کرده باشم"!

the mouse was swimming away from her as fast as it could go

موش با سرعتی که می توانست از او دور می شد

and the mouse made quite a commotion in the pool

و موش در استخر هیاهو کرد

So she called softly after the mouse

بنابراین او به آرامی موش را صدا زد

"my dear mouse, please come back!"

"موش عزیزم، لطفا برگرد"!

"and we won't talk about cats"

"و ما در مورد گربه ها صحبت نمی کنیم"

"and we don't have to talk about dogs either"

"و ما مجبور نیستیم در مورد سگ ها نیز صحبت کنیم"

When the mouse heard this, it turned around

وقتی موش این را شنید، برگشت

and the little mouse swam slowly back to her

و موش کوچولو به آرامی به سمت او شنا کرد

the mouse's face was quite pale

صورت موش کاملا رنگ پریده بود

and the mouse spoke, in a low, trembling voice

و موش با صدایی آهسته و لرزان صحبت کرد

"Let us get to the shore"

"بگذار به ساحل برسیم"

"and then I'll tell you my history"

"و سپس تاریخچه ام را به شما می گویم"

"and you'll understand why it is I hate cats and dogs"

"و شما خواهید فهمید که چرا من از گربه ها و سگ ها متنفرم"

It had become high time to go

زمان رفتن فرا رسیده بود

because the pool was getting quite crowded

چون استخر کاملا شلوغ می شد

other birds and animals had fallen into the pool

پرندگان و حیوانات دیگر در استخر افتاده بودند

there were a Duck and a Dodo

یک اردک و یک دودو وجود داشت

and there was a Lory bird and an Eaglet

و یک پرنده لوری و یک عقاب وجود داشت

and there were several other interesting looking creatures

و چندین موجود جالب دیگر نیز وجود داشتند

Alice led the way out the pool

آلیس راه خروج از استخر را هدایت کرد

and the whole party of animals swam to the shore

و تمام گروه حیوانات به ساحل شنا کردند

A caucus race and a long tail

یک مسابقه حزبی و یک دم بلند

They were indeed a funny-looking bunch of animals

آنها در واقع یک دسته حیوانات خنده دار بودند

and they all assembled on the water's bank

و همه آنها در ساحل آب جمع شدند

the birds all had bedraggled feathers

پرندگان همگی پرهای آویزان داشتند

and the furry animals were soaked through

و حیوانات پشمالو خیس شدند

and all were dripping wet, annoyed and uncomfortable

و همه خیس ، آزرده و ناراحت کننده بودند

there was one question that had to be answered first

یک سوال وجود داشت که ابتدا باید به آن پاسخ داده می شد

what is the best way for everyone to get dry?

بهترین راه برای خشک شدن همه چیست؟

They had a consultation about this matter

آنها در این مورد مشورت کردند

soon they were all on familiar terms

به زودی همه آنها با شرایط آشنا شدند

it was as if she had known them all her life

انگار تمام عمرش آنها را می شناخت

the mouse seemed to be a person of some authority

به نظر می رسید موش فردی با اقتدار است

"Sit down, all of you, and listen to me!

»بنشینید، همه شما، و به من گوش دهید!

"I'll soon make you all dry again!"

"به زودی همه شما را دوباره خشک خواهم کرد"!

They all sat down at once, in a large ring

همه آنها به یکباره نشستند، در یک حلقه بزرگ

and the little mouse sat in the middle

و موش کوچولو وسط نشست

"Ahem!" said the mouse with an important air

موش با هوای مهمی گفت: »آهم«!

"Are you all ready?"

"همه شما آماده اید؟"

"This is the driest thing I know"

"این خشک ترین چیزی است که می دانم"

"Silence all around, if you please!"

»سکوت اطراف، اگر بخواهید«!

"William the Conqueror was favoured by the pope"

"ویلیام فاتح مورد علاقه پاپ بود"

"but he was soon submitted to by the English"

"اما به زودی توسط انگلیسی ها تسلیم شد"

"they wanted leaders of late"

"آنها اخیرا رهبران می خواستند"

"and they had been accustomed to power and conquest"

"و آنها به قدرت و کشورگشایی عادت کرده بودند"

"Edwin and Morcar, the Earls of Mercia and Northumbria"

"ادوین و مورکار، ارل های مرسیا و نورثمبریا"

"Ugh!" said the lori bird, with a shiver

پرنده لوری با لرزش گفت: »اوه«!

"and even Stigand, the patriotic archbishop of Canterbury"

"و حتی استیگاند، اسقف اعظم میهن پرست کانتربری"

"he also found it advisable"

"او همچنین آن را توصیه می کند"

"What did he find advisable?" said the duck

اردک گفت: »چه چیزی به نظر او توصیه می شود؟«

"He found it advisable" the mouse replied rather crossly

»موش با عصبانیت پاسخ داد: «او این را توصیه می کند

but the duck was not satisfied

اما اردک راضی نبود

"of course, you know what 'it' means"

"البته، شما می دانید که" آن "به چه معناست"

"I know what 'it' is when I find a thing," said the duck

اردک گفت: «وقتی چیزی پیدا می کنم می دانم که» آن «چیست

"it's generally a frog or a worm"

"به طور کلی قورباغه یا کرم است"

"The question is, what did the archbishop find?"

"سوال این است که اسقف اعظم چه چیزی پیدا کرد؟"

The mouse did not notice this question

موش متوجه این سوال نشد

instead, the mouse hurriedly went on with the speech

در عوض، موش با عجله به سخنرانی ادامه داد

"he found it advisable to go with Edgar Atheling"

»او صلاح یافت که با ادگار اتلینگ برود«

"to meet William and offer him the crown"

"برای دیدار با ویلیام و تقدیم تاج به او"

the mouse continued, turning to Alice as it spoke

موش ادامه داد و در حالی که صحبت می کرد به سمت آلیس چرخید

"How are you getting on now, my dear?"

»الان چطور هستی، عزیزم؟«

"As wet as ever," said Alice in a melancholy tone

آلیس با لحنی مالیخولیایی گفت: «مثل همیشه خیس

"this story doesn't seem to dry me at all"

"به نظر نمی رسد این داستان اصلا مرا خشک کند"

"In that case," said the dodo solemnly, rising to its feet

دودو با جدیت گفت: «در این صورت «و روی پاهایش بلند شد

"I vote that the meeting be adjourned"

"من رای می دهم که جلسه به تعویق بیفتد"

"and I propose an immediate adoption of more energetic remedies"

"و من پیشنهاد می کنم که فورا درمان های پرانرژی تر اتخاذ شود"

"Speak real words!" said the eaglet

عقاب گفت» :کلمات واقعی بگویید«!

"I don't know the meaning of half of those long words"

"من معنی نیمی از آن کلمات طولانی را نمی دانم"

"and, what's more, I don't believe you know either!"

»و علاوه بر این، من باور نمی کنم که شما هم می دانید«!

"What I was going to say," said the dodo in an offended tone

دودو با لحنی آزرده آمیز گفت» :آنچه می خواستم بگویم«

"the best thing to get us dry would be a caucus-race"

"بهترین کار برای خشک کردن ما یک مسابقه حزبی است"

"What is a caucus-race?" said Alice

آلیس گفت" :مسابقه انجمن حزبی چیست؟"

"Well," said the dodo, "the best way to explain it is to do it"

دودو گفت" :خوب، بهترین راه برای توضیح آن انجام آن است"

"First the dodo marked out a race-course"

"ابتدا دودو یک مسیر مسابقه را مشخص کرد"

"the track was in a sort of circle"

"آهنگ در نوعی دایره بود"

"and then all the party were placed along the course"

"و سپس همه مهمانی در طول مسیر قرار گرفتند"

There was no "One, two, three and away!"

هیچ" یک، دو، سه و دور "اوجود نداشت.

but they began running when they liked

اما هر زمان که دوست داشتند شروع به دویدن کردند

and they also finished when they liked

و آنها همچنین هر زمان که دوست داشتند تمام کردند

so it was not easy to know when the race was over

بنابراین دانستن اینکه چه زمانی مسابقه تمام شده است آسان نبود

after half an hour or so of running they were all quite dry

بعد از نیم ساعت یا بیشتر دویدن همه آنها کاملا خشک شدند

the dodo suddenly called out, "The race is over!"

دودو ناگهان فریاد زد" :مسابقه تمام شد"!

and they all crowded around the dodo

و همه آنها در اطراف دودو ازدحام کردند

all the animals were panting and puffing

همه حیوانات نفس نفس می زدند و پف می کردند

and they all wanted to know, "But who has won?"

و همه آنها می خواستند بدانند،" اما چه کسی برنده شده است؟"

This question the dodo could not immediately answer

این سوال دودو نتوانست بلافاصله به آن پاسخ دهد

first he had to do a great deal of thinking

ابتدا باید خیلی فکر می کرد

after much thinking, the dodo finally spoke

پس از تفکر بسیار، دودو بالاخره صحبت کرد

"Everybody has won, and all must have prizes"

"همه برنده شده اند و همه باید جایزه داشته باشند"

"But who is to give the prizes?" asked a chorus of voices

»اما چه کسی باید جوایز را بدهد؟ «گروهی از صداها پرسیدند

"Well, she, of course," said the dodo

دودو گفت» :خب، او البته«

and the dodo pointed with one finger to Alice

و دودو با یک انگشت به سمت آلیس اشاره کرد

and the whole party of animals crowded around her

و کل گروه حیوانات دور او جمع شدند

they called out, in a confused way, "Prizes! Prizes!"

آنها به شکلی گیج فریاد زدند» :جوایز! جوایز«!

Alice had no idea what to do

آلیس نمی دانست چه کاری باید انجام دهد

in despair she put her hand into her pocket

با ناامیدی دستش را در جیبش گذاشت

and she pulled out a box of sweets

و یک جعبه شیرینی بیرون آورد

luckily the salt-water had not got into the box

خوشبختانه آب نمک وارد جعبه نشده بود

and she handed the sweets around as prizes

و شیرینی ها را به عنوان جایزه تحویل داد

There was exactly one piece for everyone

دقیقا یک قطعه برای همه وجود داشت

The next thing they had to do was to eat the sweets

کار بعدی که باید انجام می دادند این بود که شیرینی ها را بخورند

this caused some noise and confusion

این باعث سر و صدا و سردرگمی شد

the large birds complained that they could not taste their
sweets

پرندگان بزرگ شکایت می کردند که نمی توانند شیرینی هایشان را
بچشند

the small ones choked and had to be patted on the back

کوچکها خفه می شدند و باید به پشت ضربه می زدند

However, it was over at last

با این حال، بالاخره تمام شد

and they sat down again in a ring

و آنها دوباره در یک حلقه نشستند

and they begged the mouse to tell them something more

و آنها به موش التماس کردند که چیز دیگری به آنها بگوید

"You promised to tell me your history, you know," said Alice

آلیس گفت» :تو قول دادی که تاریخت را به من بگویی، می دانید«.

and she made another little remark about cats in a whisper

و او یک نکته کوچک دیگر در مورد گربه ها با زمزمه بیان کرد

she didn't want to offend the mouse again

او نمی خواست دوباره به موش توهین کند

the little mouse turned to Alice and sighed

موش کوچولو رو به آلیس کرد و آهی کشید

"Mine is a long and a sad tale!"

"داستان من یک داستان طولانی و غم انگیز است"!

"It is a long tail, certainly," said Alice

آلیس گفت» :مطمئنا دم بلندی است

and she looked down with wonder at the mouse's tail

و با تعجب به دم موش نگاه کرد

"but why do you call it a sad tail?"

»اما چرا آن را دم غمگین می گویی؟«

And she kept on puzzling about it while the mouse was
speaking

و در حالی که موش صحبت می کرد در مورد آن گیج می شد

so that her idea of the tale was something like this

به طوری که ایده او از داستان چیزی شبیه به این بود

<pre>
          "Fury said to
            a mouse, That
              he met in the
                house, 'Let
                  us both go
                    to law: I
                    will prosecute
                    you.—
                      Come, I'll
                    take no denial:
                  We must have
                the trial;
              For really
            this morning
        I've
      nothing
      to do.'
            Said the
              mouse to
                the cur,
                  'Such a
                    trial, dear
                      sir, With
                        no jury
                          or judge,
                            would
                          be wasting
                        our
                    breath.'
                  'I'll be
                judge,
              I'll be
            jury,'
          said
        cunning
          old
            Fury;
              'I'll
                try
                  the
                    whole
                      cause,
                        and
                        condemn
                      you to
                death.'"
</pre>

Fury said to a mouse, That he met in the house"

فیوری به موش گفت، که او در خانه ملاقات کرده است"

Let us both go to law: I will prosecute you

بگذارید هر دو به سراغ قانون برویم :من شما را تحت پیگرد قانونی
قرار خواهم داد

Come, I'll take no denial: We must have the trial

بیا، من انکار نمی کنم :ما باید محاکمه را داشته باشیم

For really this morning I've nothing to do

برای واقعا امروز صبح من هیچ کاری برای انجام دادن ندارم

Said the mouse to the cur;

موش به cur گفت;

Such a trial, dear sir, With no jury or judge, would be wasting our breath

آقا عزیز، چنین محاکمه ای بدون هیئت منصفه یا قاضی، نفس ما را تلف می کند

"I'll be judge, I'll be jury," said cunning old Fury

"من قاضی خواهم شد، من هیئت منصفه خواهم شد، "فیوری پیر حیله گر گفت

I'll try the whole cause, and condemn you to death

من تمام هدف را امتحان خواهم کرد و تو را به مرگ محکوم می کنم

the mouse spoke severely to Alice

موش به شدت با آلیس صحبت کرد

"You are not paying attention!"

"شما توجه نمی کنید"!

"What are you thinking of?"

"به چه فکر می کنی؟"

"I beg your pardon," said Alice very humbly

آلیس با فروتنی گفت» :من از شما عذرخواهی می کنم«

"you had got to the fifth bend, I think?"

»فکر می کنم به پیچ پنجم رسیده بودی؟«

"You insult me by talking such nonsense!"

»تو با چنین مزخرفاتی به من توهین می کنی«!

and the mouse got up and walked away

و موش بلند شد و دور شد

Alice called after the little mouse

آلیس بعد از موش کوچولو صدا زد

"Please come back and finish your story!"

"لطفا برگرد و داستانت را تمام کن"!

And the others all joined in chorus

و بقیه همگی به گروه کر پیوستند

"Yes, please do finish your story!"

"بله، لطفا داستانتان را تمام کنید"!

But the mouse only shook its head impatiently

اما موش فقط با بی حوصلگی سرش را تکان داد

and the little mouse walked a little quicker

و موش کوچولو کمی سریعتر راه رفت

"I wish I had Dinah, our cat, here!" said Alice

آلیس گفت» :ای کاش دینا، گربه ما را اینجا داشتم«!

This caused a remarkable sensation among the party

این باعث ایجاد شور و هیجان قابل توجهی در میان حزب شد

Some of the birds hurried off at once

برخی از پرندگان فورا با عجله رفتند

and a Canary called out in a trembling voice, to its children;

و یک قناری با صدایی لرزان فرزندانش را صدا زد.

"Come away, my dears!"

"دور شوید، عزیزانم"!

"It's high time you were all in bed!"

"وقت آن رسیده است که همه در رختخواب باشید"!

with various excuses they all went away

با بهانه های مختلف همه رفتند

and Alice was soon left alone

و آلیس به زودی تنها ماند

"I wish I hadn't mentioned Dinah!"

»ای کاش به دینا اشاره نمی کردم«!

"Nobody seems to like her down here"

"به نظر می رسد هیچ او را اینجا دوست ندارد"

"but I'm sure she's the best cat in the world!"

"اما من مطمئن هستم که او بهترین گربه جهان است"!

Poor Alice began to cry again

آلیس بیچاره دوباره شروع به گریه کرد

because she felt very lonely and low-spirited

زیرا او احساس تنهایی و روحیه بسیار پایین می کرد

In a little while, however, she again heard something

با این حال، پس از مدتی، او دوباره چیزی شنید

a little pattering of footsteps in the distance

کمی صدای پا در دوردست

and she looked up eagerly

و با اشتیاق به بالا نگاه کرد

The rabbit sends in little Mr Bill
خرگوش آقای بیل کوچک را می فرستد

It was the white rabbit,trotting slowly back again

این خرگوش سفید بود که دوباره به آرامی به عقب می رفت

he was looking about anxiously as he went

او در حین رفتن با نگرانی به اطراف نگاه می کرد

he looked as if he had lost something

به نظر می رسید که چیزی را گم کرده است

Alice heard him muttering to himself

آلیس شنید که او با خودش زمزمه می کند

"The Duchess! The Duchess! Oh, my dear paws!"

"دوشس !دوشس !آه، پنجه های عزیزم"!

"Oh, my fur and whiskers!"

"اوه، خز و سبیل من"!

"She'll get me executed, I'm sure of that"

"او مرا اعدام می کند، من از این موضوع مطمئن هستم"

"just as sure as ferrets are ferrets!"

"به همان اندازه که موش ها موش هستند"!

"Where can I have dropped my things, I wonder?"

"من تعجب می کنم که کجا می توانم وسایلم را رها کنم؟"

Alice guessed in a moment what he was looking for

آلیس در یک لحظه حدس زد که به دنبال چه چیزی است

he was looking for the feather fan

او به دنبال پنکه پر بود

and he was looking for the pair of white gloves

و او به دنبال یک جفت دستکش سفید بود

so she very good-naturedly began looking for the gloves

بنابراین او بسیار خوش اخلاق شروع به جستجوی دستکش کرد

and she looked for the feather fan too

و او هم به دنبال پنکه پر گشت

but the gloves and feather fan were nowhere to be seen

اما دستکش و پنکه پر در هیچ کجا دیده نمی شد

everything seemed to have changed since her swim in the pool

به نظر می رسید همه چیز از زمانی که او در استخر شنا کرده است تغییر کرده است

nothing was the same since she had been in the great hall

از زمانی که او در سالن بزرگ بود هیچ چیز مثل قبل نبود

and the glass table had vanished

و میز شیشه ای ناپدید شده بود

and the little door wasn't there either

و در کوچک هم آنجا نبود

Very soon the rabbit noticed Alice

خیلی زود خرگوش متوجه آلیس شد

he called to her in an angry tone

او با لحنی عصبانی او را صدا زد

"Mary Ann, what are you doing out here?"

"مری آن، اینجا چه کار می کنی؟"

"Run home this moment"

"این لحظه به خانه بدوید"

"and fetch me a pair of gloves and a feather fan!"

"و یک جفت دستکش و یک پنکه پر برای من بیاور"!

"and be quick about it!"

»و در این مورد سریع باشید«!

Alice spoke to herself as she ran off

آلیس در حالی که فرار می کرد با خودش صحبت کرد

"He must have mistaken me for his housemaid!"

»حتما مرا با خدمتکارش اشتباه گرفته است«!

"How surprised he'll be when he finds out who I am!"

"چقدر تعجب خواهد کرد وقتی بفهمد من کی هستم"!

As she said this, she came upon a neat little house

همانطور که این را می گفت، به یک خانه کوچک مرتب برخورد کرد

on the door of the house was a bright brass plate

روی در خانه یک بشقاب برنجی روشن بود

"W. RABBIT"

"دبلیو خرگوش"

She went in without knocking on the door

او بدون اینکه در را بزند وارد شد

and she hurried straight upstairs

و او با عجله مستقیم به طبقه بالا رفت

she worried that she might meet the real Mary Ann

او نگران بود که ممکن است مری آن واقعی را ملاقات کند

because then she would be turned out of the house

زیرا در این صورت او را از خانه بیرون می کردند

and she wouldn't be able to find the feather fan and gloves

و او نمی توانست پنکه پر و دستکش را پیدا کند

Alice had found her way into a tidy little room

آلیس راه خود را به یک اتاق کوچک مرتب پیدا کرده بود

in the room was a table by the window

در اتاق میزی کنار پنجره بود

and on the table was a feather fan

و روی میز یک پنکه پر بود

and there were two or three pairs of tiny white gloves

و دو یا سه جفت دستکش سفید کوچک وجود داشت

she picked up the feather fan and a pair of the gloves

او پنکه پر و یک جفت دستکش را برداشت

and she was just about to leave the room

و او تازه می خواست اتاق را ترک کند

but then her eyes fell upon a little bottle

اما بعد چشمانش به یک بطری کوچک افتاد

She uncorked the bottle and put it to her lips

بطری را باز کرد و روی لب هایش گذاشت

"I do hope it'll make me grow large again"

"امیدوارم که دوباره بزرگ شوم"

"I'm tired of being such a tiny little thing!"

"من از اینکه چنین چیز کوچکی هستم خسته شده ام"!

Alice had hardly drunk half the bottle

آلیس به سختی نیمی از بطری را نوشیده بود

her head was already pressing against the ceiling

سرش از قبل به سقف فشار آورده بود

and she had to stoop down

و او مجبور شد خم شود

to save her neck from being broken

تا گردنش را از شکستن نجات دهد

She hastily put down the bottle

او با عجله بطری را زمین گذاشت

"That's quite enough"

"این کاملا کافی است"

"I hope I don't grow anymore"

"امیدوارم دیگر رشد نکنم"

Alas! It was too late to wish that!

افسوس !برای آرزو کردن آن خیلی دیر شده بود!

She went on growing and growing

او به رشد و رشد ادامه داد

and very soon she had to kneel down on the floor

و خیلی زود مجبور شد روی زمین زانو بزند

and even then she went on growing

و حتی پس از آن او به رشد خود ادامه داد

as a last resource she put one arm out of the window

به عنوان آخرین منبع، او یک بازوی خود را از پنجره بیرون آورد

and she put one foot up the chimney

و او یک پا را بالای دودکش گذاشت

"Now I can do no more, whatever happens"

"حالا دیگر نمی توانم انجام دهم، هر اتفاقی بیفتد"

"What will become of me?"

»چه اتفاقی برای من خواهد افتاد؟«

Alice had a spot of luck

آلیس یک نقطه شانس داشت

the little magic bottle had had its full effect

بطری جادویی کوچک اثر کامل خود را داشت

and Alice grew no larger than she was

و آلیس بزرگتر از او نبود

After a few minutes she heard a voice outside

بعد از چند دقیقه صدایی را از بیرون شنید

and she stopped to listen to the voice

و ایستاد تا به صدا گوش دهد

"Mary Ann! Mary Ann!" said the voice

"مری آن !مری آن "!صدا گفت

"Fetch me my gloves this moment!"

"این لحظه دستکش هایم را برای من بیاور "!

Then came a little pattering of feet on the stairs

سپس کمی تکان دادن پاها روی پله ها آمد

Alice knew it was the rabbit coming to look for her

آلیس می دانست که خرگوش است که به دنبال او می آید

and she trembled till she shook the house

و او لرزید تا اینکه خانه را تکان داد

she quite forgot what her proportions were

او کاملا فراموش کرده بود که نسبت هایش چقدر است

she was a thousand times as large as the rabbit

او هزار برابر خرگوش بزرگ تر بود

and she had no reason to be afraid of a rabbit

و هیچ دلیلی برای ترس از خرگوش نداشت

Presently the rabbit came up to the door

بلافاصله خرگوش به در آمد

and the little rabbit tried to open the door

و خرگوش کوچولو سعی کرد در را باز کند

the door started to open inwards

در شروع به باز شدن به سمت داخل کرد

but Alice's elbow was pressed hard against the door

اما آرنج آلیس به شدت به در فشار داده شد

that attempt proved a failure

این تلاش شکست خورده بود

Alice heard the rabbit speak to himself

آلیس شنید که خرگوش با خودش صحبت می کند

"Then I'll go around and get in through the window"

"بعد می روم و از پنجره وارد می شوم"

"That you won't!" thought Alice

آلیس فکر کرد» :این کار را نمی کنی«!

and she waited a little again

و او دوباره کمی صبر کرد

soon she heard the rabbit just under the window

به زودی صدای خرگوش را درست زیر پنجره شنید

she suddenly spread out her hand

ناگهان دستش را دراز کرد

and she made a snatch in the air

و او یک قاپ در هوا انجام داد

She did not get hold of anything

او چیزی را به دست نیاورد

but she heard a little shriek and a fall

اما او صدای کمی جیغ و سقوط را شنید

and she heard a crash of broken glass

و صدای برخورد شیشه های شکسته را شنید

perhaps the rabbit had fallen

شاید خرگوش افتاده بود

maybe he was in a green-house

شاید او در یک گلخانه بود

Next came an angry voice; the rabbit's voice

بعد صدایی خشمگین آمد. صدای خرگوش

"Pat, where are you?"

"پت، کجایی؟"

And then came a voice she had never heard before

و سپس صدایی آمد که قبلا هرگز نشنیده بود

"your honour, I'm here!"

"عالیجناب، من اینجا هستم"!

"I'm digging for apples"

"من دارم برای سیب حفاری می کنم"

"Here! Come and help me out of this!"

»اینجا! بیا و به من کمک کن تا از این کار خارج شوم"!

"Now tell me, Pat, what's that in the window?"

"حالا به من بگو، پت، این چه چیزی در پنجره است؟"

"Sure, your honour, I will tell you"

"مطمئنا، عالیجناب، من به شما خواهم گفت"

"it's an arm that's in the window!"

"این بازویی است که در پنجره است"!

"Well, an arm has no business there"

"خوب، یک بازو در آنجا کاری ندارد"

"go and take the arm away!"

»برو و بازو را بردار«!

There was a long silence after this

پس از این سکوت طولانی برقرار شد

and Alice could only hear whispers now and then

و آلیس فقط می توانست هر از گاهی زمزمه ها را بشنود.

and at last she spread out her hand again

و سرانجام دوباره دستش را دراز کرد

and she made another snatch in the air

و او یک قاپ دیگر در هوا انجام داد

This time there were two little shrieks

این بار دو جیغ کوچک شنیده شد

and there was more sounds of broken glass

و صدای شیشه های شکسته بیشتری شنیده می شد

"I wonder what they'll do next!" thought Alice

"من تعجب می کنم که آنها بعد از آن چه خواهند کرد!"آلیس فکر کرد

"I wish they would pull me out the window"

"ای کاش مرا از پنجره بیرون می کشیدند"

She waited for some time

مدتی منتظر ماند

but for a while she didn't hear anything more

اما برای مدتی او چیز دیگری نشنید

At last came a rumbling of little wheels

سرانجام غرش چرخ های کوچک آمد

and there came the sound of a good many voices

و صدای صداهای زیادی آمد

all the voices were talking together

همه صداها با هم صحبت می کردند

She could make out some of the words

او می توانست برخی از کلمات را بفهمد

"Where's the other ladder?"

»نردبان دیگر کجاست؟«

"Bill's got the other ladder"

"بیل نردبان دیگر را دارد"

"Bill, come here!"

"بیل، بیا اینجا"!

"Will the roof bear the load?"

"آیا سقف بار را تحمل می کند؟"

"Who wants to go down the chimney?"

"چه کسی می خواهد از دودکش پایین برود؟"

"Nay, I shall not! You do it!"

"نه، من این کار را نمی کنم إشما انجامش بده"!

"Here, Bill!"

»بفرمایید، بیل«!

"The master says you've got to go down the chimney!"

»ارباب می گوید باید از دودکش پایین بیایی«!

Alice drew her foot as far down the chimney as she could

آلیس پایش را تا جایی که می توانست از دودکش پایین کشید

and then she waited to see what was coming

و سپس منتظر ماند تا ببیند چه اتفاقی می افتد

she heard a little animal scratching and scrambling

او صدای خراشیدن و تقلا حیوان کوچکی را شنید

the little animal must be in the chimney

حیوان کوچک باید در دودکش باشد

then she gave one sharp kick

سپس او یک ضربه تند زد

and she waited to see what would happen next

و منتظر ماند تا ببیند بعد چه اتفاقی می افتد

she heard a general chorus of voices

او یک گروه کر کلی از صداها را شنید

"There goes Bill!" they all said

همه گفتند: «بیل می رود»!

then she heard the rabbit's voice alone

سپس صدای خرگوش را به تنهایی شنید

"You by the hedge, catch him!"

"تو کنار پرچین ، او را بگیرید"!

there was another moment of silence

یک لحظه دیگر سکوت برقرار شد

and then there was another confusion of voices

و سپس سردرگمی دیگری از صداها ایجاد شد

"Hold up his head, Brandy"

"سرش را بالا بگیر، برندی"

"be careful not to choke him"

"مراقب باشید او را خفه نکنید"

"What happened to you?"

"چه اتفاقی برای شما افتاد؟"

Last came a little feeble, squeaking voice

آخرین بار صدای کمی ضعیف و جیرجیر آمد

"Well, I hardly know no more"

"خوب، من به سختی دیگر نمی دانم"

"thank you all, I'm better now"

"از همه شما متشکرم، من الان بهتر هستم"

"there is one thing I can remember"

"یک چیز هست که می توانم به یاد بیاورم"

"something comes at me like a train in a tunnel"

"چیزی مانند قطار در تونل به سمت من می آید"

"and up I fly like a sky-rocket!"

"و من مانند یک موشک آسمانی پرواز می کنم"!

there was a minute or two of silence

یکی دو دقیقه سکوت بود

and then they began moving about again

و سپس دوباره شروع به حرکت کردند

and Alice heard the Rabbit speak again

و آلیس دوباره صدای خرگوش را شنید

"A barrowful will do, to begin with"

"یک باروفول این کار را انجام می دهد، برای شروع"

"A barrowful of what?" thought Alice

"یک بارو از چی؟ "آلیس فکر کرد

But she was not kept in suspense for long

اما او برای مدت طولانی در تعلیق نگه داشته نشد

a shower of little pebbles came through the window

بارانی از سنگریزه های کوچک از پنجره بیرون آمد

and some of the little pebbles hit her in the face

و برخی از سنگریزه های کوچک به صورتش برخورد کردند

Alice was surprised about the little pebbles

آلیس از سنگریزه های کوچک شگفت زده شد

all the little pebbles were turning into cakes

همه سنگریزه های کوچک به کیک تبدیل می شدند

and a bright idea came into her head

و یک ایده روشن به ذهنش رسید

"I should eat one of these cakes"

"من باید یکی از این کیک ها را بخورم"

"cake is sure to make some change in my size"

"کیک مطمئنا تغییراتی در اندازه من ایجاد می کند"

So she swallowed one of the cakes

بنابراین او یکی از کیک ها را قورت داد

and she was delighted to find that she began shrinking

و خوشحال شد که متوجه شد شروع به کوچک شدن کرده است

soon she was small enough to get through the door

به زودی آنقدر کوچک شد که بتواند از در عبور کند

she ran out of the house

او از خانه بیرون دوید

a crowd of little animals and birds were waiting outside

جمعیتی از حیوانات و پرندگان کوچک بیرون منتظر بودند

all the little birds and animals rushed at Alice

همه پرندگان و حیوانات کوچک به سمت آلیس هجوم آوردند

but she ran off as fast as she could

اما او تا جایی که می توانست سریع فرار کرد

and soon she found herself safe in a thick wood

و به زودی خود را در یک جنگل ضخیم در امان یافت

Alice wandered about in the woods

آلیس در جنگل سرگردان بود

and she thought to herself:

و با خود فکر کرد:

"I know what I have to do first"

"من می دانم که اول باید چه کاری انجام دهم"

"first I have to grow to my right size again"

"ابتدا باید دوباره به اندازه مناسب خود رشد کنم"

"and then I have to find my way into that lovely garden"

"و سپس باید راهم را به آن باغ دوست داشتنی پیدا کنم"

"I suppose I ought to eat or drink something or other"

»فکر می کنم باید چیزی بخورم یا بنوشم«

"but the question is what should I eat or drink?"

اما سوال این است که چه بخورم یا بنوشم؟«

Alice looked all around her at the flowers

آلیس به اطراف خود نگاه کرد به گل ها

and she looked through the blades of grass

و از میان تیغه های علف نگاه کرد

but she could not see anything to eat or drink

اما او نمی توانست چیزی برای خوردن یا نوشیدن ببیند

nothing looked like the right thing to eat or drink

هیچ چیز برای خوردن یا نوشیدن درست به نظر نمی رسید

There was a large mushroom growing near her

قارچ بزرگی در نزدیکی او رشد می کرد

the mushroom was about the same height as Alice

قارچ تقریبا به اندازه ارتفاع آلیس بود

She stretched herself up on tiptoes

او خود را روی نوک انگشتان پا دراز کرد

and she peeped over the edge of the mushroom

و از لبه قارچ نگاه کرد

her eyes immediately met the eyes of a large blue caterpillar

چشمانش بلافاصله به چشمان یک کاترپیلار آبی بزرگ برخورد کرد

the caterpillar was sitting on the top of the mushroom

کاترپیلار بالای قارچ نشسته بود

and the caterpillar had crossed all his arms

و کاترپیلار تمام بازوهایش را روی هم گذاشته بود

and he was quietly smoking a long hookah

و او بی سر و صدا قلیان بلندی می کشید

and he took not the smallest notice of anything

و او کوچکترین توجهی به هیچ چیز نکرد

and he certainly didn't pay attention to Alice

و او مطمئنا به آلیس توجه نکرد

Advice from a caterpillar
مشاوره از یک کاترپیلار
At last the caterpillar took the hookah out of its mouth
سرانجام کاترپیلار قلیان را از دهانش بیرون آورد
and he addressed Alice in a languid, sleepy voice
و با صدایی سست و خواب آلود خطاب به آلیس گفت
"Who are you?" said the caterpillar
کاترپیلار گفت» :تو کی هستی؟«

Alice replied, rather shyly, "I hardly know, sir"
آلیس با خجالت پاسخ داد» :به سختی می دانم، آقا«
"just at the moment it's all a bit..."
"فقط در حال حاضر همه چیز کمی است"...
""I know who I was when I got up this morning"
"من می دانم که امروز صبح که از خواب بیدار شدم کی بودم"
"but I think I must have changed several times since then"
"اما فکر می کنم از آن زمان تاکنون باید چندین بار تغییر کرده باشم"
"What do you mean by that?" said the caterpillar
کاترپیلار گفت» :منظورت از این چیست؟«
sternly the caterpillar asked her to explain herself
کاترپیلار با جدیت از او خواست که خودش را توضیح دهد

"I can't explain myself, I'm afraid, sir," said Alice

آلیس گفت» :نمی توانم خودم را توضیح دهم، می ترسم آقا«

"because I'm not myself"

"چون من خودم نیستم"

"you see, being so many different sizes in a day is very confusing"

"می بینید، اندازه های مختلف در یک روز بسیار گیج کننده است"

She pulled herself up and said very gravely:

خودش را بالا کشید و با جدیت گفت:

"I think you ought to tell me who you are, first"

»فکر می کنم اول باید به من بگویی که کی هستی«

"Why?" said the caterpillar

کاترپیلار گفت» :چرا؟«

Alice could not think of any good reason

آلیس نمی توانست دلیل خوبی پیدا کند

and the caterpillar seemed to be in a very unpleasant state of mind

و به نظر می رسید که کاترپیلار در وضعیت روحی بسیار ناخوشایندی قرار دارد

so she turned away

پس او روی برگرداند

"Come back!" the caterpillar called after her

"برگرد "!کاترپیلار او را صدا زد

"I've something important to say!"

"من چیز مهمی برای گفتن دارم"!

Alice turned and came back again

آلیس برگشت و دوباره برگشت

"Keep your temper," said the caterpillar

کاترپیلار گفت» :عصبانیت را حفظ کن«

"Is that all?" said Alice

آلیس گفت» :همین؟«

and she swallowed her anger as well as she could

و خشم خود را تا جایی که می توانست قورت داد

"No," said the caterpillar

کاترپیلار گفت» :نه«

the caterpillar unfolded its arms

کاترپیلار بازوهایش را باز کرد

and he took the hookah out of his mouth again

و دوباره قلیان را از دهانش بیرون آورد

and he said, "So you think you're changed, do you?"

و او گفت،" پس شما فکر می کنید که تغییر کرده اید، درست است؟"

"I'm afraid, I am changed, sir," said Alice

آلیس گفت» :می ترسم، من تغییر کرده ام، آقا«

"I can't remember things as I used to remember them"

"من نمی توانم چیزهایی را همانطور که قبلا به یاد می آوردم به یاد بیاورم"

"and I don't stay the same size for more than ten minutes!"

"و من بیش از ده دقیقه در همان اندازه نمی مانم"!

"What size do you want to be?" asked the caterpillar

"می خواهید چه اندازه ای باشید؟ "کاترپیلار پرسید.

"Oh, I don't particularly mind what size I am," Alice hastily replied

آلیس با عجله پاسخ داد» :اوه، من خیلی مهم نیستم که چه اندازه ای هستم

"I just don't like changing size so often, you know"

"من فقط دوست ندارم اندازه را زیاد تغییر دهم، می دانید"

"I would like to be a little larger, sir"

»دوست دارم کمی بزرگتر باشم، آقا«

"if you wouldn't mind," added Alice

آلیس اضافه کرد» :اگر اشکالی ندارد

"Ten centimetres is such a wretched height to be"

"ده سانتی متر چنین ارتفاع بدبختی است"

"It is a very good height indeed!" said the caterpillar angrily

»واقعا ارتفاع بسیار خوبی است «إکاترپیلار با عصبانیت گفت

and he reared itself upright as he spoke

و او در حالی که صحبت می کرد خود را راست پرورش داد

he was exactly ten centimetres high

او دقیقا ده سانتی متر قد داشت

In a minute or two, the caterpillar got down off the mushroom

در عرض یکی دو دقیقه، کاترپیلار از قارچ پایین آمد

and he crawled away into the grass

و او به داخل چمن ها خزید

as he went away, he made some little remarks

همانطور که می رفت، اظهارات کوچکی کرد

"One side will make you grow taller"

"یک طرف شما را بلندتر می کند"

"and the other side will make you grow shorter"

"و طرف دیگر شما را کوتاه تر می کند"

"One side of what?" thought Alice to herself

"یک طرف چی؟ "آلیس با خود فکر کرد

"The other side of what?"

»طرف دیگر چی؟«

"the side of the mushroom," said the caterpillar

"کاترپیلار گفت" :کنار قارچ"

it was as if she had asked her question aloud

انگار سؤالش را با صدای بلند پرسیده بود

and in another moment, he was out of sight

و در لحظه ای دیگر، او از دید خارج شد

Alice remained looking thoughtfully at the mushroom

آلیس همچنان متفکرانه به قارچ نگاه می کرد

she was trying to make out which were the two sides of the
mushroom

او سعی می کرد بفهمد دو طرف قارچ کدام است

At last she stretched her arms around the mushroom

بالاخره دستانش را دور قارچ دراز کرد

and she broke off a bit of the edges

و او کمی از لبه ها را قطع کرد

"And now, which side is which?" she said to herself

»و حالا، کدام طرف است؟ «با خودش گفت

and she nibbled a little of the right-hand bit

و کمی از دست راست را گاز گرفت

The next moment she felt a violent blow underneath her
chin

لحظه بعد ضربه شدیدی را زیر چانه اش احساس کرد

her chin had struck her foot!

چانه اش به پایش برخورد کرده بود!

She was a good deal frightened by this very sudden change

او از این تغییر ناگهانی بسیار ترسیده بود

she was shrinking very rapidly

او خیلی سریع کوچک می شد

so she quickly ate some of the other bit of mushroom

بنابراین او به سرعت مقداری از قارچ دیگر را خورد

Her chin was pressed very closely against her foot

چانه اش خیلی محکم به پایش فشار داده شده بود

there was hardly room to open her mouth

به سختی جایی برای باز کردن دهانش وجود داشت

but she did at last manage to open her mouth

اما بالاخره موفق شد دهانش را باز کند

and she swallowed a morsel of the left-hand bit

و لقمه ای از تکه دست چپ را قورت داد

"my head's been freed at last!" said Alice

آلیس گفت» :سرم بالاخره آزاد شد«!

she looked down at herself

او به خودش نگاه کرد

but all she could see was an immense length of neck

اما تنها چیزی که می توانست ببیند طول بسیار زیاد گردن بود

her neck seemed to rise like a stalk

به نظر می رسید گردنش مانند ساقه بالا می رود

and she looked down over a sea of green leaves

و به دریایی از برگ های سبز نگاه کرد

"Where have my shoulders gotten to?"

"شانه هایم به کجا رسیده اند؟"

"And oh, my poor hands, how is it I can't see you?"

»و اوه، دستان بیچاره من، چطور است که نمی توانم تو را ببینم؟«

but her neck did have one benefit

اما گردن او یک فایده داشت

she could move her head in any direction

او می توانست سرش را به هر سمتی حرکت دهد

in fact, she was just like a serpent

در واقع، او درست مانند مار بود

she gracefully zigzagged her head down

او با ظرافت سرش را زیگزاگ کرد

and she moved her head through the trees

و سرش را از میان درختان حرکت داد

but then she heard a sharp hiss

اما بعد صدای خش خش تندی شنید

and she quickly pulled her head back

و او به سرعت سرش را به عقب کشید

a large pigeon had flown into her face

یک کبوتر بزرگ به صورتش پرواز کرده بود

and the pigeon was violently with its wings

و کبوتر با بال هایش به شدت بود

"Serpent!" cried the pigeon

کبوتر فریاد زد» :مار«!

"I'm not a serpent!" said Alice indignantly

آلیس با عصبانیت گفت» :من مار نیستم«!

"Leave me alone!"

"مرا تنها بگذار"!

"I've tried the roots of trees"

"من ریشه درختان را امتحان کرده ام"

"and I've tried hedges," the pigeon went on

کبوتر ادامه داد» :و من پرچین ها را امتحان کرده ام«

"but those serpents! There's no pleasing them!"

»اما آن مارها اهیچ خشنود آنها نیست«!

Alice was more and more puzzled

آلیس بیشتر و بیشتر گیج شد

"As if it wasn't trouble enough hatching the eggs," said the pigeon

کبوتر گفت» :انگار جوجه ریزی تخم ها به اندازه کافی مشکل نداشت

"by night and day I must look out for serpents too!"

»شب و روز هم باید مراقب مارها باشم«!

"I had just found the highest tree in the forest"

"من به تازگی بلندترین درخت جنگل را پیدا کرده بودم"

"surely I'd be free from serpents here?"

»مطمئنا اینجا از مار ها آزاد خواهم شد؟«

"and out comes a serpent from the sky!"

"و ماری از آسمان بیرون می آید"!

"But I'm not a serpent, I tell you!" said Alice

آلیس گفت» :اما من مار نیستم، به شما می گویم«!

"I'm a... I'm a... I'm a little girl," she added rather doubtfully

"من ...من یک ... من یک دختر کوچک هستم «.او با تردید اضافه کرد

she had after all been going through a lot of changes

بالاخره او تغییرات زیادی را پشت سر گذاشته بود

"You're looking for eggs," said the pigeon

کبوتر گفت» :تو به دنبال تخم مرغ هستی

"I know that for a fact"

"من این را به عنوان یک واقعیت می دانم"

"and what does it matter if you're a little girl or a serpent?"

»و چه فرقی می کند که دختر بچه ای باشی یا مار؟«

"It matters a good deal to me," said Alice hastily

آلیس با عجله گفت» :برای من خیلی مهم است

"but I'm not looking for eggs, as it happens"

"اما من به دنبال تخم مرغ نیستم، همانطور که اتفاق می افتد"

"and I wouldn't want your eggs anyway"

"و به هر حال من تخم مرغ های شما را نمی خواهم"

"I don't like my eggs raw"

"من تخم مرغ هایم را خام دوست ندارم"

"Well, be off then!" said the pigeon in a sulky tone

»خوب، پس برو «إكبوتر با لحنی عبوس گفت

and the pigeon settled down again into its nest

و کبوتر دوباره در لانه اش مستقر شد

Alice crouched down among the trees as well as she could

آلیس تا جایی که می توانست در میان درختان خم شد

her neck kept getting entangled among the branches

گردنش مدام بین شاخه ها گره می خورد

every now and then she had to stop and untwist her neck

هر از چند گاهی مجبور بود بایستد و گردنش را باز کند

After awhile she remembered the mushroom

بعد از مدتی قارچ را به یاد آورد

she still held the pieces of mushroom in her hands

او هنوز تکه های قارچ را در دستانش نگه داشته بود

and she set to work very carefully

و او شروع به کار کرد با دقت

first she nibbled at one piece

ابتدا او یک تکه را گاز گرفت

and then she nibbled at the other piece

و سپس قطعه دیگر را گاز گرفت

sometimes she grew taller

گاهی بلندتر می شد

and sometimes she grew shorter

و گاهی کوتاه تر می شد

but finally she achieved her usual height

اما سرانجام به قد معمول خود رسید

she hadn't been her own height for some time

مدتی بود که قد خودش نبود

so everything felt strange for a while

بنابراین برای مدتی همه چیز عجیب به نظر می رسید

"The next thing to do is to get into that beautiful garden"

"کار بعدی این است که وارد آن باغ زیبا شوید"

"how is that to be done, I wonder?"

»تعجب می کنم که چگونه باید این کار را انجام داد؟«

As she said this, she came upon an open place

همانطور که این را می گفت، به یک مکان باز برخورد کرد

there was a little house, a bit higher than a metre

خانه کوچکی بود، کمی بالاتر از یک متر

"I wonder who lives in this little house"

"من تعجب می کنم که چه کسی در این خانه کوچک زندگی می کند"

"I certainly can't go in as big as I am"

"من مطمئنا نمی توانم به بزرگی خودم وارد شوم"

"I would frighten them terribly!"

"من آنها را به طرز وحشتناکی می ترساندم"!

so she nibbled at the little mushroom again

بنابراین او دوباره قارچ کوچک را گاز گرفت

and soon she brought herself down thirty centimetres

و به زودی خودش را سی سانتی متر پایین آورد

A pig and some pepper
یک خوک و مقداری فلفل

For a minute or two she stood looking at the house

یکی دو دقیقه ایستاد و به خانه نگاه کرد

suddenly a footman came running out of the woods

ناگهان یک پیاده دوان از جنگل بیرون آمد

he was wearing a special livery uniform

او لباس مخصوص پوشیده بود

judging by his face only, she would have called him a fish

فقط با قضاوت بر اساس چهره او، او را ماهی صدا می‌کرد

and he rapped loudly at the door with his knuckles

و با انگشتانش با صدای بلند به در ضربه زد

the door was opened by another footman

در توسط پیاده دیگری باز شد

this footman too was wearing a special livery

این پیاده نیز لباس خاصی پوشیده بود

this footman had a round face and large eyes like a frog

این پیاده صورت گرد و چشمان درشت مانند قورباغه داشت

The footman that looked like a fish initiated the ceremony

پیاده ای که شبیه ماهی بود مراسم را آغاز کرد

he pulled out something from under his arm

او چیزی را از زیر بغلش بیرون آورد

and he pulled out from under his arm an envelope

و پاکتی را از زیر بغلش بیرون آورد

and this envelope he handed over to the other footman

و این پاکت را به پیاده دیگر داد

in a ceremonious tone he told him the orders

با لحنی تشریفاتی دستورات را به او گفت

"This message is for the Duchess"

"این پیام برای دوشس است"

"An invitation from the queen to play croquet"

"دعوتی از ملکه برای بازی کروکت"

The footman that looked like a frog repeated the order

پیاده ای که شبیه قورباغه بود دستور را تکرار کرد

"from the queen"

"از ملکه"

"an invitation"

"یک دعوت"

"for the Duchess"

"برای دوشس"

"playing croquet"

"بازی کروکت"

Then they both bowed low

سپس هر دو تعظیم کردند

and the curls in their wigs got entangled together

و فرهای کلاه گیس هایشان به هم گره خورد

soon the footman that looked like a fish was gone

به زودی پیاده ای که شبیه ماهی بود از بین رفت

but the footman that looked like a frog was still there

اما پیاده ای که شبیه قورباغه بود هنوز آنجا بود

he was sitting on the ground near the door

او روی زمین نزدیک در نشسته بود

he was staring stupidly up into the sky

او احمقانه به آسمان خیره شده بود

Alice went timidly up to the door and knocked

آلیس با ترس به سمت در رفت و در زد

"There's no use in knocking," said the footman

پیاده گفت:» :در زدن فایده ای ندارد

"and that is for two reasons"

"و این به دو دلیل است"

"First, because I'm on the same side of the door as you are"

"اول، چون من در همان طرف در هستم که شما هستید"

"secondly, because they're making so much noise inside"

"ثانیا، به این دلیل که آنها در داخل سر و صدای زیادی ایجاد می کنند"

"no one could possibly hear you"

"هیچ نمی تواند صدای شما را بشنود"

And there certainly was a most extraordinary noise going on within

و مطمئنا سر و صدای فوق العاده ای در درون وجود داشت

a constant howling and sneezing

زوزه و عطسه مداوم

and every now and then a sound of great crashing

و هر از گاهی صدای تصادف بزرگ

as if a dish or kettle had been broken to pieces

گویی ظرف یا کتری تکه تکه شده است

"How am I to get in?" asked Alice

آلیس پرسید:» :چطور وارد شوم؟«

"Should you get in at all?" said the footman

پیاده گفت:» :اصلا باید سوار شوید؟«

"That's the first question, you know"

"این اولین سوال است، می دانید"

Alice opened the door and went in

آلیس در را باز کرد و وارد شد

The door led right into a large kitchen

در درست به یک آشپزخانه بزرگ منتهی می شد

the kitchen was full of smoke from one end to the other

آشپزخانه از یک سر تا سر دیگر پر از دود بود

in the middle of the kitchen was the Duchess

در وسط آشپزخانه دوشس بود

she was sitting on a three-legged stool

او روی چهارپایه سه پا نشسته بود

and she was nursing a baby

و او به یک نوزاد شیر می داد

the cook was leaning over the fire

آشپز روی آتش تکیه داده بود

he was stirring a large caldron

او یک کالدرون بزرگ را تکان می داد

and the caldron seemed to be full of soup

و به نظر می رسید کالدرون پر از سوپ است

"There's certainly too much pepper in that soup!" Alice said
to herself

"مطمئنا فلفل زیادی در آن سوپ وجود دارد "!آلیس با خودش گفت

she said it as best she could without sneezing

او این را به بهترین شکل ممکن بدون عطسه گفت

Even the Duchess sneezed occasionally

حتی دوشس نیز گهگاه عطسه می کرد

but the baby's actions were the most noteworthy

اما اقدامات نوزاد قابل توجه ترین بود

the baby was sneezing and howling alternately

نوزاد به طور متناوب عطسه می کرد و زوزه می کشید

there was not a moment's pause between howling and
sneezing

لحظه ای مکث بین زوزه کشیدن و عطسه وجود نداشت

There were two creatures in the kitchen that did not sneeze

دو موجود در آشپزخانه بودند که عطسه نمی کردند

the cook was too busy to sneeze

آشپز آنقدر شلوغ بود که نمی توانست عطسه کند

and the large cat did not seem to mind the pepper

و به نظر می رسید که گربه بزرگ به فلفل اهمیتی نمی دهد

instead, the large cat was grinning from ear to ear

در عوض، گربه بزرگ از گوش به گوش پوزخند می زد

"Please would you tell me," said Alice, a little timidly

آلیس کمی ترسو گفت» :لطفا به من بگویید

"why is your cat grinning like that?"

"چرا گربه شما اینطور لبخند می زند؟"

"It's a Cheshire-Cat," said the Duchess

دوشس گفت" :این یک گربه چشایر است

"and that's why he's grinning from ear to ear"

"و به همین دلیل است که او از گوش به گوش لبخند می زند"

"I didn't know that a Cheshire-Cat always grinned"

"من نمی دانستم که یک گربه چشایر همیشه پوزخند می زند"

"in fact, I didn't know that cats could grin," said Alice

آلیس گفت" :در واقع، من نمی دانستم که گربه ها می توانند پوزخند بزنند

"there is much you don't know," said the Duchess

دوشس گفت" :چیزهای زیادی وجود دارد که شما نمی دانید"

"there is much you don't know and that's a fact"

"چیزهای زیادی وجود دارد که شما نمی دانید و این یک واقعیت است"

Just then the cook took the caldron of soup off the fire

درست در همان لحظه آشپز کالدرون سوپ را از روی آتش برداشت.

and at once she started throwing everything within her reach

و بلافاصله شروع به پرتاب همه چیز در دستش کرد

she threw everything she could at the Duchess and the babe

او هر چه می توانست به سمت دوشس و نوزاد پرتاب کرد

first she threw the fire-irons

ابتدا آهن های آتش را پرتاب کرد

then she threw a handful of saucepans

سپس یک مشت قابلمه پرتاب کرد

and finally she threw the plates and dishes

و بالاخره بشقاب ها و ظروف را پرت کرد

The Duchess took no notice of her

دوشس توجهی به او نکرد

even when she was hit by a plate she did not worry

حتی زمانی که بشقاب به او برخورد می کرد، نگران نبود

the baby was already howling so much

بچه قبلا خیلی زوزه می کشید

so it was impossible to say whether the blows hurt the baby
or not

بنابراین نمی توان گفت که آیا ضربات به نوزاد آسیب می رساند یا نه

"Oh, please mind what you're doing!" cried Alice

آلیس فریاد زد» :اوه، لطفا مراقب باشید چه کاری انجام می دهید«!

and she jumped up and down in an agony of terror

و او با عذاب وحشت بالا و پایین پرید

the Duchess offered Alice the baby

دوشس نوزاد را به آلیس پیشنهاد کرد

"Here! You may nurse the baby a bit, if you like!"

»اینجا! اگر دوست دارید می توانید کمی از بچه شیر بدهید!«

and she flung the baby at her as she spoke

و در حالی که صحبت می کرد نوزاد را به سمت او پرت کرد

"I must go and get ready to play croquet with the queen"

"من باید بروم و برای بازی کروکت با ملکه آماده شوم"

and she hurried out of the room

و او با عجله از اتاق بیرون رفت

Alice caught the baby with some difficulty

آلیس نوزاد را با کمی مشکل گرفت

because it was a very odd-shaped little creature

زیرا موجودی کوچک بسیار عجیب و غریب بود

and the baby held out its arms and legs in all directions

و نوزاد دست ها و پاهایش را از همه جهات دراز کرد

"I better take this child away with me," thought Alice

آلیس فکر کرد» :بهتر است این بچه را با خودم ببرم«

"they're sure to kill this baby in a day or two"

"آنها مطمئنا این نوزاد را در یک یا دو روز می کشند"

"Wouldn't it be murder to leave this baby behind?"

"آیا این قتل نیست که این بچه را پشت سر بگذاریم؟"

She said the last words out loud

او آخرین کلمات را با صدای بلند گفت

and the little thing grunted in reply

و چیز کوچک در پاسخ غرغر کرد

"you best not turn into a pig, my dear," said Alice

آلیس گفت» :بهتر است خوک نشی، عزیزم«

"or else I'll have nothing more to do with you"

"وگرنه دیگر کاری با تو نخواهم داشت"

Alice was just beginning to think to herself:

آلیس تازه شروع به فکر کردن با خودش کرده بود:

"Now, what am I to do with this creature, when I get it home?"

»حالا، وقتی به خانه می برم، با این موجود چه کار کنم؟«

but then the little creature grunted a little violently

اما بعد موجود کوچک کمی با خشونت غرغر کرد

and Alice looked down into its face in some alarm

و آلیس با کمی هشدار به صورتش نگاه کرد

This time there could be no mistake about it

این بار هیچ اشتباهی در مورد آن وجود نداشت

it was neither more nor less than a pig

نه بیشتر بود و نه کمتر از یک خوک

so she set the little creature down

بنابراین او موجود کوچک را زمین گذاشت

and the little creature trot away quietly into the wood

و موجود کوچک بی سر و صدا به داخل جنگل می رود

Alice felt quite relieved to see the creature go

آلیس از دیدن رفتن این موجود کاملا احساس راحتی کرد

Alice was a little startled by seeing the Cheshire-Cat

آلیس با دیدن گربه چشایر کمی مبهوت شد

it was sitting on a bough of a tree a few yards off

چند یارد دورتر روی شاخه ای از درختی نشسته بود

The cat only grinned when it saw her

گربه فقط وقتی او را دید پوزخند زد

"Cheshire-cat," began Alice, rather timidly

»گربه چشایر: آلیس با ترس شروع کرد«

"would you please tell me which way I ought to go from here?"

»لطفا به من بگویید که از اینجا به کدام سمت باید بروم؟«

"In that direction," the cat said

"در آن جهت: گفت گربه"

and it waved the right paw around

و پنجه سمت راست را به اطراف تکان داد

"In that direction lives a maker of hats"

"در آن جهت یک سازنده کلاه زندگی می کند"

and then the cat waved its other paw

و سپس گربه پنجه دیگرش را تکان داد

"and in that direction lives a march hare"

"و در آن جهت یک خرگوش مارس زندگی می کند"

"Visit either you like; they're both mad"

"هر کدام را دوست دارید ملاقات کنید. هر دو دیوانه هستند"

"But I don't want to go among mad people," Alice remarked

آلیس اظهار داشت» :اما من نمی خواهم به میان آدم های دیوانه بروم«

"Oh, you can't help that," said the Cat

گربه گفت" :اوه، شما نمی توانید جلوی آن را بگیرید"

"we're all mad here"

"همه ما اینجا عصبانی هستیم"

"are you playing croquet with the queen today?"

"آیا امروز با ملکه کروکت بازی می کنی؟"

"I would like to very much," said Alice

آلیس گفت» :خیلی دوست دارم«

"but I haven't been invited yet"

"اما من هنوز دعوت نشده ام"

"You'll see me there," said the Cat

گربه گفت» :مرا آنجا خواهی دید

and from one moment to the next the cat vanished

و از یک لحظه به لحظه دیگر گربه ناپدید شد

soon Alice got in sight of the house of the march hare

به زودی آلیس به خانه خرگوش راهپیمایی رسید

this was a very large house

این خانه بسیار بزرگی بود

so Alice did not want to go near the house

بنابراین آلیس نمی خواست به خانه نزدیک شود

first she had to nibble some more of the left side bit of mushroom

ابتدا او مجبور شد مقداری بیشتر از قارچ سمت چپ را گاز بگیرد

a mad tea-party
یک مهمانی چای دیوانه

In front of the house there was a tree

جلوی خانه درختی بود

and under the tree there was a table

و زیر درخت یک میز بود

and the table was set with all sorts of cutlery

و میز با انواع کارد و چنگال چیده شده بود

the march hare and the hat maker were at the table

خرگوش مارس و کلاه ساز پشت میز بودند

and together they were having tea

و با هم در حال نوشیدن چای بودند

a dormouse was sitting between them

یک موش در بین آنها نشسته بود

and the dormouse was fast asleep

و موش بزرگ به خواب رفته بود

The table was of extraordinary size

میز از اندازه فوق العاده ای برخوردار بود

but most of the table was unoccupied

اما بیشتر میز خالی بود

they sat crowded together at one corner of the table

آنها در گوشه ای از میز با هم شلوغ نشستند

and yet they made excuses when they saw Alice

و با این حال با دیدن آلیس بهانه آوردند

"No room! No room!" they cried out

»جا نیست !جا نیست «!آنها فریاد زدند

"There's plenty of room!" said Alice indignantly

آلیس با عصبانیت گفت» :فضای زیادی وجود دارد«!

at one end of the table there was a large arm-chair

در یک انتهای میز یک صندلی راحتی بزرگ قرار داشت

and Alice sat herself in the armchair

و آلیس خودش روی صندلی راحتی نشست

the hat maker opened his eyes very wide

کلاه ساز چشمانش را بسیار باز کرد

he couldn't believe what he was seeing

او نمی توانست آنچه را که می دید باور کند

but his mind was curious about other things

اما ذهنش در مورد چیز های دیگر کنجکاو بود

"Why is a raven like a writing-desk?"

»چرا کلاغ مانند میز تحریر است؟«

Alice was open to the challenge

آلیس برای این چالش باز بود

"I'm glad they've begun asking riddles"

"خوشحالم که آنها شروع به پرسیدن معما کرده اند"

"I believe I can guess that," she added aloud

او با صدای بلند اضافه کرد" :من معتقدم که می توانم حدس بزنم

The march hare grew curious about Alice

خرگوش راهپیمایی در مورد آلیس کنجکاو شد

"Do you really think you can find the answer?"

"آیا واقعا فکر می کنی می توانی جواب را پیدا کنی؟"

"I think I can find the answer indeed," said Alice

آلیس گفت» :فکر می کنم واقعا می توانم پاسخ را پیدا کنم

"Then you should say what you mean," the march hare went on

خرگوش راهپیمایی ادامه داد» :پس باید منظورت را بگویی«

"I do say what I mean," Alice hastily replied

آلیس با عجله پاسخ داد» :منظورم را می گویم

"at the very least I mean what I say"

"حداقل منظورم همان چیزی است که می گویم"

"that's the same thing, you know"

"این همان چیز است، می دانید"

the dormouse also contributed to the conversation

دورموس نیز به مکالمه کمک کرد

but the dormouse seemed to be talking in its sleep

اما به نظر می رسید که موش در خواب صحبت می کند

"I breathe when I sleep"

"وقتی می خوابم نفس می کشم"

"I sleep when I breathe!"

"وقتی نفس می کشم می خوابم"!

"you might as well say they are the same too"

"شما هم می توانید بگویید که آنها هم همینطور هستند"

"It is the same thing with you," said the hat maker

کلاه ساز گفت» :در مورد شما هم همینطور است
and he poured a little tea on the dormouse's nose
و کمی چای روی بینی خوابگاه ریخت
The Dormouse shook its head impatiently
موش بی صبرانه سرش را تکان داد
and again the dormouse spoke, without opening its eyes
و دوباره موش پشتی بدون اینکه کند چشمانش را باز کند صحبت کرد
"Of course, of course it is the same"
"البته، البته که همینطور است"
"that's just what I was going to say myself"
"این دقیقا همان چیزی است که من خودم می خواستم بگویم"

The hat maker turned to Alice and asked another question
کلاه ساز رو به آلیس کرد و سوال دیگری پرسید
"Have you guessed the riddle yet?"
»هنوز معما را حدس زده ای؟«
"No, I give up," Alice conceded
آلیس اذعان کرد» :نه، تسلیم می شوم«
"What's the answer?" she wanted to know
"پاسخ چیست؟" "او می خواست بداند
"I haven't the slightest idea," said the hat maker

کلاه ساز گفت" :من کوچکترین ایده ای ندارم

"Nor do I know," said the march hare

خرگوش راهپیمایی گفت» :من هم نمی دانم«

Alice gave a weary sigh

آلیس آهی خسته کرد

"there are better uses of time than riddles without answers"

"استفاده بهتر از زمان از معماهای بدون پاسخ وجود دارد"

"have some more tea," the march hare said to Alice, very earnestly

خرگوش راهپیمایی با جدیت به آلیس گفت» :کمی چای دیگر بخور

Alice was quite offended by the offer

آلیس از این پیشنهاد کاملا آزرده شد

"I've had not had tea yet," Alice replied

آلیس پاسخ داد» :من هنوز چای نخورده ام

"therefore I can't have any more tea"

"بنابراین دیگر نمی توانم چای بخورم"

"You mean you can't have less tea," said the hat maker

کلاه ساز گفت» :منظورت این است که نمی توانی چای کمتری بنوشی«

"it's very easy to take more than nothing"

"گرفتن بیش از هیچ بسیار آسان است"

At this, Alice got up and walked off

در این حالت، آلیس بلند شد و رفت

The dormouse fell asleep instantly

موش دوری فورا به خواب رفت

and neither of the others took the least notice of her going

و هیچ یک از دیگران کوچکترین توجهی به رفتن او نکردند

though she looked back once or twice

گرچه یکی دو بار به عقب نگاه کرد

they were trying to put the dormouse into the tea-pot

آنها سعی می کردند موش را در قوری چای بگذارند

"At any rate, I'll never go there again!" said Alice

آلیس گفت» :به هر حال، دیگر هرگز به آنجا نخواهم رفت«!

and she walked her way through the woods

و او راه خود را از میان جنگل عبور کرد

"that was the stupidest tea-party I've ever been to"

"این احمقانه ترین مهمانی چای بود که تا به حال در آن شرکت کرده ام"

Just as she said this, she noticed something

درست همانطور که این را گفت، متوجه چیزی شد

one of the trees had a door leading right into it

یکی از درختان دری داشت که مستقیما به آن منتهی می شد

"That's very interesting!" she thought

"این خیلی جالب است"او فکر کرد

"I think I may as well go through the door"

"فکر می کنم بهتر است از در عبور کنم"

And through the door she went

و از در رفت

Once more she found herself in the long hall

یک بار دیگر خود را در سالن طولانی یافت

again she was close to the little glass table

دوباره به میز شیشه ای کوچک نزدیک شد

she took the little golden key

او کلید طلایی کوچک را برداشت

and she unlocked the door that led into the garden

و قفل دری را که به باغ منتهی می شد باز کرد

Then she set to work nibbling at the mushroom

سپس او شروع به کار کرد و قارچ را نیش زد

she had kept a piece of the mushroom in her pocket

او یک تکه از قارچ را در جیبش نگه داشته بود

and finally she was about a metre tall

و بالاخره او حدود یک متر قد داشت

then she walked down the little corridor

سپس در راهرو کوچک قدم زد

and then she finally found herself in the beautiful garden

و سپس بالاخره خود را در باغ زیبا یافت

and she was among the bright flower and the cool fountains

و او در میان گل های روشن و چشمه های خنک بود

The queen's croquet ground
زمین کروکت ملکه

A large rose-tree stood near the entrance of the garden

یک درخت گل رز بزرگ نزدیک ورودی باغ ایستاده بود

the roses growing on the tree were white

گل های رز که روی درخت رشد می کردند سفید بودند

but there were three gardeners painting the rose

اما سه باغبان بودند که گل رز را نقاشی می کردند

they were busily painting the roses red

آنها مشغول رنگ آمیزی گل رز به رنگ قرمز بودند

and Alice was watching them paint the roses red

و آلیس آنها را تماشا می کرد که گل های رز را قرمز رنگ می کردند

and suddenly their eyes chanced to fall upon Alice

و ناگهان چشمانشان به آلیس افتاد

Alice spoke a little timidly

آلیس کمی ترسو صحبت کرد

"Would you tell me, please;"

»لطفا به من بگویید«.

"why are you all painting those roses?"

"چرا همه شما آن گل های رز را نقاشی می کنید؟"

five and seven said nothing, but looked at two

پنج و هفت چیزی نگفتند، اما به دو نفر نگاه کردند

two spoke, in a low voice

دو نفر با صدای آهسته صحبت کردند

"Why, the fact is, you see, madam"

"چرا، واقعیت این است که می بینید، خانم"

"this here ought to have been a red rose-tree"

"این اینجا باید یک درخت گل رز قرمز باشد"

"and we put a white rose-tree in by mistake"

"و ما به اشتباه یک درخت گل رز سفید گذاشتیم"

"as you would agree, the queen must not find out"

"همانطور که موافق هستید، ملکه نباید بفهمد"

"else we would all have our heads cut off"

"در غیر این صورت همه ما سرمان را قطع می کردیم"

"So you see, madam, we're doing our best"

"پس می بینید، خانم، ما تمام تلاش خود را می کنیم"

card five had been anxiously looking across the garden

کارت پنج با نگرانی به آن سوی باغ نگاه می کرد

At this moment card five called out, "The queen! The queen!"

در این لحظه کارت پنج صدا زد" :ملکه !ملکه"!

and the three gardeners instantly scurried away

و سه باغبان فورا فرار کردند

and they threw themselves flat upon their faces

و خود را به صورت خود انداختند

There was a sound of many footsteps

صدای قدم های زیادی شنیده می شد

Alice looked around, eager to see the queen

آلیس به اطراف نگاه کرد و مشتاق دیدن ملکه بود

At the start of the procession were ten soldiers

در ابتدای راهپیمایی ده سرباز حضور داشتند

their hands and feet were in the corners

دست و پاهایشان در گوشه ها بود

and in their hands and feet were clubs

و در دست و پاهایشان چماق بود

next came the ten courtiers

بعد از آن ده دربار آمدند

the courtiers were ornamented all over with diamonds

درباریان همه جا را با الماس تزئین کرده بودند

After the courtiers came the royal children

پس از درباریان، فرزندان سلطنتی آمدند

there were ten of the royal children

ده نفر از فرزندان سلطنتی بودند

and all the royal children were ornamented with hearts

و همه فرزندان سلطنتی با قلب آراسته شدند

Next came the guests; mostly kings and queens

بعد مهمانان آمدند .بیشتر پادشاهان و ملکه ها

and among the kings and queen Alice saw someone

و در میان پادشاهان و ملکه، آلیس کسی را دید

she saw again the white rabbit she had chased

او دوباره خرگوش سفیدی را که تعقیب کرده بود دید

The procession was followed the knave of hearts

راهپیمایی با چنگال قلب ها دنبال شد

he was carrying the king's crown

او تاج پادشاه را حمل می کرد

and the king's crown was on a crimson velvet cushion

و تاج پادشاه بر روی یک کوسن مخملی زرشکی بود

and then came the end of this grand procession

و سپس پایان این راهپیمایی بزرگ فرا رسید

and there at the end were the king and queen of hearts

و در پایان پادشاه و ملکه قلب ها بودند

the procession came opposite to Alice

راهپیمایی روبروی آلیس آمد

and they all stopped and looked at her

و همه ایستادند و به او نگاه کردند

and the queen said severely, "Who is this?"

و ملکه به شدت گفت: «این کیست؟»

She said it to the Knave of Hearts

او این را به Knave of Hearts گفت

but he just bowed and smiled in reply

اما او فقط تعظیم کرد و در پاسخ لبخند زد

Alice spoke very politely

آلیس بسیار مودبانه صحبت کرد

"My name is Alice, so please your majesty"

"اسم من آلیس است، پس اعلیحضرت را لطفا"

but she had other thoughts to herself

اما او افکار دیگری با خودش داشت

"they're only a pack of cards, after all!"

«بالاخره آنها فقط یک بسته کارت هستند!»

"Can you play croquet?" shouted the queen

ملکه فریاد زد: «می توانی کروکت بازی کنی؟»

The question was evidently meant for Alice

این سوال آشکارا برای آلیس در نظر گرفته شده بود

"Yes!" said Alice loudly

«بله» آلیس با صدای بلند گفت

"Come play then!" roared the queen

ملکه غرش کرد: «پس بیا بازی کن!»

a timid voice spoke to Alice

صدایی ترسو با آلیس صحبت کرد

"it's a very fine day!"

"روز بسیار خوبی است"!

She was walking by the white rabbit

او در کنار خرگوش سفید راه می رفت

and the White Rabbit was peeping anxiously into her face

و خرگوش سفید با نگرانی به صورتش نگاه می کرد

"a very fine day indeed," confirmed Alice

آلیس تأیید کرد» :واقعا روز بسیار خوبی است

"Where's the duchess?"

"دوشس کجاست؟"

"Hush! Hush!" said the Rabbit

"خفه شو !خفه شو «!خرگوش گفت

"She's under sentence of execution"

"او تحت حکم اعدام است"

"What is she being executed for?" asked Alice

آلیس پرسید» :او به خاطر چه اعدام می شود؟«

"She scuffed the queen's ears," the rabbit began

خرگوش شروع کرد» :او گوش های ملکه را خراشید«

the queen shouted in a voice of thunder

ملکه با صدای رعد و برق فریاد زد

"Get to your places!"

"به جای خودت برو"!

and people began running about in all directions

و مردم شروع به دویدن در همه جهات کردند

and they all tumbled up against each other

و همه آنها در مقابل یکدیگر افتادند

However, they got settled down in a minute or two

با این حال، آنها در یک یا دو دقیقه مستقر شدند

and then the game began

و سپس بازی شروع شد

Alice had never seen such a curious croquet ground

آلیس هرگز چنین زمین کروکت کنجکاوی را ندیده بود

the grass was all ridges and furrows

چمن ها همه برجستگی ها و شیارها بودند

The croquet balls were real hedgehogs

توپ های کروکت جوجه تیغی واقعی بودند

and the mallets were real flamingos

و پتک ها فلامینگوهای واقعی بودند

and the soldiers stood on their hands and feet

و سربازان روی دست و پای خود ایستاده بودند

because the arches was made from their bodies

زیرا طاق ها از بدن آنها ساخته شده بود

The players all played at once

بازیکنان همه به یکباره بازی کردند

nobody waited for their turns

هیچ منتظر نوبت آنها نبود

and everyone quarrelled with everyone

و همه با همه دعوا کردند

and all were fighting for the hedgehogs

و همه برای جوجه تیغی ها می جنگیدند

soon the queen was in a furious passion

به زودی ملکه در شور و شوق خشمگینی قرار گرفت

and she started stamping about and shouting

و او شروع به مهر زدن و فریاد زدن کرد

"Chop off his head!"

"سرش را ببرید"!

"Chop off her head!"

"سرش را ببر"!

"Chop all their heads off!"

"همه سرشان را ببرید"!

Again Alice thought to herself

دوباره آلیس با خودش فکر کرد

"They're dreadfully fond of beheading people here"

"آنها به طرز وحشتناکی علاقه مند به گردن زدن مردم در اینجا هستند"

"the great wonder is that there's anyone left alive!"

"شگفتی بزرگ این است که کسی زنده مانده است"!

She was looking about for some way of escape

او به دنبال راهی برای فرار بود

she noticed a curious appearance in the air

او متوجه ظاهری عجیب در هوا شد

"It's the Cheshire-cat," she said to herself

با خودش گفت» :این گربه چشایر است
"now I shall have somebody to talk to"
"حالا باید کسی را داشته باشم که با او صحبت کنم"
"How are you getting on?" said the cat
گربه گفت» :چطور کار می کنی؟«
"I don't think they play at all fairly," Alice said
آلیس گفت" :من فکر نمی کنم آنها اصلا منصفانه بازی کنند
and she had a rather complaining tone
و لحن نسبتا شکایتی داشت
"they all quarrel so dreadfully"
"همه آنها به طرز وحشتناکی با هم دعوا می کنند"
"one can't hear oneself speak"
"آدم نمی تواند صدای خود را بشنود"
"and they don't seem to play by any rules"
"و به نظر نمی رسد که آنها با هیچ قانونی بازی کنند"
the cat asked Alice a question in a low voice
گربه با صدای آهسته از آلیس سوالی پرسید
"How do you like the queen?"
"ملکه را چطور دوست داری؟"
"I don't like her at all," said Alice
آلیس گفت» :من اصلا او را دوست ندارم«

Alice thought she might as well go back

آلیس فکر کرد که بهتر است برگردد

she wanted to see how the game was going

او می خواست ببیند بازی چگونه پیش می رود

she went off in search of her hedgehog

او به دنبال جوجه تیغی خود رفت

The hedgehog was busy fighting another hedgehog

جوجه تیغی مشغول مبارزه با جوجه تیغی دیگری بود

this was an excellent opportunity

این یک فرصت عالی بود

she could croquet one hedgehog with the other

او می توانست یک جوجه تیغی را با دیگری کروکت کند

but her flamingo was on the other side of the garden

اما فلامینگوی او در آن طرف باغ بود

the flamingo was rather clumsy

فلامینگو نسبتا دست و پا چلفتی بود

her flamingo was trying to fly up into a tree

فلامینگو او سعی داشت به سمت درختی پرواز کند

She caught the flamingo by the leg

او فلامینگو را از پا گرفت

and she tucked the flamingo away under her arm

و فلامینگو را زیر بغلش جمع کرد

that way the flamingo couldn't escape again

به این ترتیب فلامینگو دیگر نمی توانست فرار کند

Just then Alice happened to meet the duchess

درست در آن زمان آلیس به طور اتفاقی دوشس را ملاقات کرد

The duchess was now out of prison

دوشس اکنون از زندان خارج شده بود

She tucked her arm affectionately under Alice's arm

او با محبت بازویش را زیر بازوی آلیس فرو کرد

and then they walked off together

و سپس با هم راه رفتند

Alice was very glad to find her in such a pleasant temper

آلیس بسیار خوشحال بود که او را در چنین خلق و خوی دلپذیری یافت

She was a little startled, however

با این حال، او کمی مبهوت شده بود

she heard the voice of the duchess close to her ear
او صدای دوشس را نزدیک گوشش شنید
"You're thinking about something, my dear"
"داری به چیزی فکر می کنی، عزیزم"
"and that makes you forget to talk"
"و این باعث می شود صحبت کردن را فراموش کنید"
"The game's going on rather better now," Alice said
آلیس گفت" :بازی اکنون نسبتا بهتر پیش می رود
it was one way of keeping the conversation going
این یکی از راه های ادامه مکالمه بود
"it is so indeed," said the duchess
دوشس گفت» :واقعا همینطور است
"and the moral of that is this:"
"و اخلاق آن این است":
"It is love that does it all!"
"این عشق است که همه کارها را انجام می دهد"!
"Love is what makes the world go around"
"عشق چیزی است که دنیا را به دور خود می چرخاند"
Alice had another explanation
آلیس توضیح دیگری داشت
"it's done by everybody minding his own business!"
"این توسط هر کسی انجام می شود که به کار خود فکر می کند"!
"Ah, well! You could be right"
»آه، خوب !می توانید حق با شماست"
"It all means much the same thing," said the Duchess
دوشس گفت» :همه اینها تقریبا یک معنی دارند
and she dug her sharp little chin into Alice's shoulder
و چانه کوچک تیزش را در شانه آلیس فرو کرد
"and the moral of that is this"
"و اخلاق آن این است"
"Take care of the sense"
"مراقب حس باشید"
"and then the sounds will take care of themselves"
"و سپس صداها از خود مراقبت می کنند"
but then the duchess's arm began to tremble
اما پس از آن بازوی دوشس شروع به لرزیدن کرد

Alice looked up and there stood the queen

آلیس به بالا نگاه کرد و ملکه آنجا ایستاده بود

the queen had her arms folded

ملکه دستانش را جمع کرده بود

and she was frowning like a thunderstorm!

و مثل رعد و برق اخم می کرد!

"I give you fair warning," shouted the queen

ملکه فریاد زد» :من به شما هشدار منصفانه می دهم

and she stomped on the ground as she spoke

و در حالی که صحبت می کرد روی زمین لگد زد

"either your head or her head must be off"

"یا سر یا سرش باید از بین رفته باشد"

"Take your choice!"

"انتخاب خود را انجام دهید"!

"and be quick about it"

"و در مورد آن سریع باشید"

The duchess made her choice

دوشس انتخاب خود را انجام داد

and within a moment the duchess was gone

و در عرض یک لحظه دوشس رفت

Then the queen spoke to Alice

سپس ملکه با آلیس صحبت کرد

"Let's go on with the game"

"بیایید به بازی ادامه دهیم"

Alice was too frightened to say a word

آلیس آنقدر ترسیده بود که نمی توانست کلمه ای بگوید

and she slowly followed her back to the croquet-ground

و او به آرامی او را به سمت زمین کروکت دنبال کرد

the whole time the queen quarrelled with the other players

در تمام مدت ملکه با سایر بازیکنان دعوا می کرد

"Chop off his head!"

"سرش را ببرید"!

"Chop off her head!"

"سرش را ببر"!

"Chop all their heads off!"

"همه سرشان را ببرید"!

soon all the players were in custody

به زودی همه بازیکنان بازداشت شدند

only the king, the queen, and Alice remained

فقط پادشاه، ملکه و آلیس باقی ماندند

Then the queen left, quite out of breath

سپس ملکه رفت، کاملا نفس نمی کشید

and she walked away with Alice

و او با آلیس رفت

Alice heard the king quietly say something

آلیس شنید که پادشاه بی سر و صدا چیزی می گوید

"You are all pardoned"

"همه شما بخشیده شده اید"

but suddenly there was another cry heard

اما ناگهان فریاد دیگری شنیده شد

"The trial is beginning!"

»محاکمه شروع می شود«!

and Alice ran along with the others

و آلیس با دیگران دوید

who stole the tarts?

چه کسی تارت ها را دزدید؟

The king and queen of hearts were seated

پادشاه و ملکه قلب ها نشسته بودند

they were on their throne when Alice arrived

آنها بر تخت سلطنت خود بودند که آلیس وارد شد

there was a great crowd assembled around them

جمعیت زیادی دور آنها جمع شده بودند

there were all sorts of little birds and beasts

انواع پرندگان و جانوران کوچک وجود داشت

and there was the whole pack of cards

و کل بسته کارت ها وجود داشت

the knave was standing in front of them, in chains

چاقو در مقابل آنها ایستاده بود، زنجیر

and there was a soldier on each side to guard him

و در هر طرف یک سرباز برای محافظت از او وجود داشت

near the King was the white rabbit

نزدیک پادشاه خرگوش سفید بود

he had a trumpet in one hand

او یک ترومپت در یک دست داشت

and he had a scroll of parchment in the other hand

و او یک طومار پوست در دست دیگر داشت

In the very middle of the court was a table

در وسط زمین یک میز بود

on the table was a large dish of tarts

روی میز یک ظرف بزرگ تارت بود

"I wish they'd get the trial done," Alice thought

آلیس فکر کرد» :ای کاش آنها محاکمه را انجام می دادند

"then we could eat some of those refreshments!"

"سپس می توانیم مقداری از آن نوشیدنی ها را بخوریم"!

The judge, by the way, was the king

به هر حال، قاضی، پادشاه بود

and he wore his crown over his great wig

و تاج خود را بر روی کلاه گیس بزرگش بر سر گذاشت

"That's the jury-box," thought Alice

آلیس فکر کرد» :این جعبه هیئت منصفه است

"and those twelve creatures, I suppose they are the jurors"

"و آن دوازده موجود، فکر می کنم آنها هیئت منصفه هستند"

some were animals, and some were birds

برخی حیوان و برخی پرنده بودند

Just then the white rabbit cried out

درست در همان لحظه خرگوش سفید فریاد زد

"Silence in the court!"

"سکوت در دادگاه"!

"Herald, read the accusation!" said the king

پادشاه گفت» :مناد، اتهام را بخوانید«!

the white rabbit blew three blasts on the trumpet

خرگوش سفید سه انفجار در شیپور زد

then he unrolled the parchment-scroll

سپس طومار پوست را باز کرد

and he read as follows:

و او به شرح زیر خواند:

"The queen of hearts, she made some tarts,"

«ملکه قلب ها، او چند تارت درست کرد،»

"All this she did on a summer day"

«همه این کارها را او در یک روز تابستانی انجام داد»

"The knave of hearts, he stole those tarts"

«چاقوی قلب ها، او آن تارت ها را دزدید»

"And he took those tarts far away!"

«و او آن تارت ها را دور برد»!

"Call the first witness," said the king

«پادشاه گفت: اولین شاهد را فرا بخوان

and the white rabbit blew three blasts on the trumpet

و خرگوش سفید سه انفجار در شیپور زد

"bring the first witness!" he called out

«او فریاد زد: اولین شاهد را بیاورید»!

The first witness was the hat maker

اولین شاهد کلاه ساز بود

he came in with a teacup in one hand

او با یک فنجان چای در یک دست وارد شد

and he had a piece of bread and butter in the other hand

و او یک تکه نان و کره در دست دیگر داشت

"You ought to have finished," said the King

«پادشاه گفت: تو باید تمام می کردی

"When did you begin?"

«از کی شروع کردی؟»

The hat maker looked at the march hare

کلاه ساز به خرگوش راهپیمایی نگاه کرد

the march hare had followed him into the court

خرگوش راهپیمایی او را تا دربار تعقیب کرده بود

he had walked arm in arm with the dormouse

او دست در دست موش راه رفته بود

"Fourteenth of March, I think it was," he said

«او گفت: فکر می کنم چهاردهم مارس بود

"Give your evidence," said the king

«پادشاه گفت: شواهد خود را بدهید

"and don't be nervous, or I'll have you executed on the spot"

"و عصبی نباش، وگرنه شما را در همان جا اعدام می کنم"

This did not seem to encourage the witness at all

به نظر نمی رسید که این اصلا شاهد را تشویق کند

he kept shifting from one foot to the other

او مدام از یک پا به پای دیگر جابجا می شد

and he looked uneasily at the queen

و با ناراحتی به ملکه نگاه کرد

and, in his confusion, he bit a large piece out of his teacup

و در سردرگمی خود، یک تکه بزرگ از فنجان چای خود را گاز گرفت

really he meant to bite from his bread and butter

واقعا او قصد داشت نان و کره اش را گاز بگیرد

Just at this moment Alice felt a very curious sensation

درست در این لحظه آلیس احساس بسیار عجیبی را احساس کرد

she was beginning to grow larger again

او داشت دوباره بزرگتر می شد

The miserable hat maker dropped his teacup

کلاه ساز بدبخت فنجان چای خود را انداخت

and the bread and butter fell to the ground

و نان و کره روی زمین افتاد

and he went down on one knee

و روی یک زانو فرود آمد

"I'm a poor man, your majesty," he began

«او شروع کرد: «من یک مرد فقیر هستم، اعلیحضرت»

"You're a very poor speaker," said the king

پادشاه گفت»: تو سخنران بسیار ضعیفی هستی

"You may go," said the king

پادشاه گفت»: می توانی بروی«

and the hat maker hurriedly left the court

و کلاه ساز با عجله زمین را ترک کرد

"Call the next witness!" said the king

پادشاه گفت»: شاهد بعدی را فرا بخوان«!

The next witness was the duchess's cook

شاهد بعدی آشپز دوشس بود

She carried the pepper-box in her hand

جعبه فلفل را در دست گرفت

and the people near the door began sneezing all at once

و افراد نزدیک در به یکباره شروع به عطسه کردند

"Give your evidence," said the king

پادشاه گفت» :شواهد خود را بدهید

"I shall give no evidence," said the cook

آشپز گفت» :من هیچ مدرکی نمی دهم

The king looked anxiously at the white rabbit

پادشاه با نگرانی به خرگوش سفید نگاه کرد

and the white rabbit spoke in a quiet voice

و خرگوش سفید با صدایی آرام صحبت کرد

"your majesty must cross-examine this witness"

"اعلیحضرت باید از این شاهد بازجویی کنید"

"Well, if I must, I must," the king said

پادشاه گفت» :خوب، اگر مجبور باشم، باید

"What are tarts made of?"

"تارت از چه چیزی ساخته شده است؟"

"tarts are made of pepper, mostly," said the cook

آشپز گفت» :تارت ها بیشتر از فلفل درست می شوند

For some minutes the whole court was in confusion

برای چند دقیقه کل دادگاه سردرگم بود

eventually they all settled down again

سرانجام همه آنها دوباره مستقر شدند

but by then the cook had disappeared

اما در آن زمان آشپز ناپدید شده بود

"Never mind!" said the king

پادشاه گفت» :مهم نیست«!

"call to the stand the next witness"

"شاهد بعدی را به جایگاه فرا بخوان"

Alice watched the white rabbit as he fumbled over the list

آلیس خرگوش سفید را در حالی که روی لیست دست و پا می زد تماشا کرد

you can imagine her surprise at what she heard next

می توانید تعجب او را از آنچه بعد شنید تصور کنید

at the top of his shrill little voice, he called the name "Alice!"

با صدای کوچک تند و تیز خود، نام "آلیس" را صدا زد!

Alice's evidence
شواهد آلیس

"Here!" cried Alice

آلیس فریاد زد» :اینجا«!

She jumped up in a great hurry

او با عجله زیادی از جا پرید

and she tipped over the jury-box

و او جعبه هیئت منصفه را واژگون کرد

and she knocked over all the jurymen

و او همه اعضای هیئت منصفه را از بین برد

and they fell on to the heads of the crowd below

و آنها روی سر جمعیت پایین افتادند

Alice was in great dismay

آلیس بسیار ناراحت بود

"Oh, I beg your pardon!" she exclaimed

"اوه، من از شما عذرخواهی می کنم "!او فریاد زد

"The trial cannot proceed," said the king

پادشاه گفت» :محاکمه نمی تواند ادامه یابد

"the jurymen must get back in their proper places"

"هیئت منصفه باید به جای مناسب خود بازگردند"

he repeated the order with great emphasis

او دستور را با تأکید زیاد تکرار کرد

and he looked at Alice sternly

و او با جدیت به آلیس نگاه کرد

"What do you know about these events?" the king asked
Alice

پادشاه از آلیس پرسید» :از این وقایع چه می دانید؟«

"I know nothing on the subject," said Alice

آلیس گفت» :من چیزی در این مورد نمی دانم

The king then read from his book

سپس پادشاه از کتاب خود خواند

"Rule forty two"

"قانون چهل و دو"

"All persons more than a mile high are to leave the court"

"همه افرادی که بیش از یک مایل ارتفاع دارند باید دادگاه را ترک کنند"

"I'm not a mile high," said Alice

آلیس گفت" :من یک مایل ارتفاع ندارم

"Nearly two miles high," said the Queen

ملکه گفت» :نزدیک به دو مایل ارتفاع«

"Well, I refuse to go," said Alice

آلیس گفت» :خوب، من از رفتن امتناع می کنم

The king turned pale

پادشاه رنگ پریده شد

and he shut his note-book hastily

و دفترچه یادداشت خود را با عجله بست

"Consider your verdict," he said to the jury

او به هیئت منصفه گفت" :حکم خود را در نظر بگیرید

he spoke in a low, trembling voice

او با صدایی آهسته و لرزان صحبت کرد

then the white rabbit spoke

سپس خرگوش سفید صحبت کرد

"There's more evidence to come yet"

"هنوز شواهد بیشتری در راه است"

and he jumped up in a great hurry

و با عجله زیادی از جا پرید

"This paper has just been picked up"

"این مقاله به تازگی برداشته شده است"
"It seems to be a letter written by the prisoner"
"به نظر می رسد نامه ای است که توسط زندانی نوشته شده است"
He unfolded the paper as he spoke
او در حین صحبت کاغذ را باز کرد
"It isn't a letter, after all"
"بالاخره این یک نامه نیست"
"what it was was a set of verses"
"آنچه بود مجموعه ای از آیات بود"
"Please, your majesty," said the knave
چاقو گفت» :خواهش می کنم، اعلیحضرت«
"I didn't write those verses"
"من آن ابیات را ننوشتم"
"and they can't prove that I wrote anything"
"و آنها نمی توانند ثابت کنند که من چیزی نوشته ام"
"there's no name signed at the end"
"در انتها هیچ نامی امضا نشده است"
the king spoke to the knave
پادشاه با چاقو صحبت کرد
"You must have meant to cause some mischief"
"حتما قصد ایجاد شیطنت را داشته باشی"
"else you'd have signed your name like an honest man"
"در غیر این صورت شما نام خود را مانند یک مرد صادق امضا می
کردید"
There was a general clapping of hands
کف زدن کلی شنیده شد
and the king turned to the white rabbit
و پادشاه رو به خرگوش سفید کرد
"Read the verses," he ordered
او دستور داد» :آیات را بخوانید«
There was dead silence in the court
سکوت مرگباری در دادگاه حاکم بود
and the white rabbit read out the verses
و خرگوش سفید آیات را خواند
They told me you had been to her
آنها به من گفتند که تو پیش او رفته ای

And they mentioned me to him

و آنها مرا به او گفتند

She gave me a good character

او به من شخصیت خوبی داد

But she said I could not swim

اما او گفت که من نمی توانم شنا کنم

He sent them word I had not gone

او به آنها خبر داد که من نرفته ام

We know it to be true

ما می دانیم که درست است

If she should push the matter on, what would become of
you?

اگر او این موضوع را ادامه دهد، چه بر سر شما می آید؟

I gave her one, they gave him two

من یکی به او دادم، آنها به او دو تا دادند

You gave us three or more

تو سه یا بیشتر به ما دادی

They all returned from him to you

همه از او نزد تو بازگشتند

although they were mine before

اگرچه آنها قبلا مال من بودند

If I or she should chance to be

اگر من یا او باید شانس داشته باشم

If I or she were involved in this affair

اگر من یا او در این ماجرا دخیل بودیم

He trusts to you to set them free

او به شما اعتماد دارد که آنها را آزاد کنید

Exactly as we were

دقیقا همانطور که ما بودیم

My notion was that you had been

تصور من این بود که تو

Before she had this fit

قبل از اینکه او این تناسب را داشته باشد

An obstacle that came between

مانعی که بین

Him, and ourselves, and it

او، و خودمان، و آن

Don't let him know she liked them best

اجازه ندهید بداند که آنها را بیشتر دوست دارد

For this must for ever be a secret, kept from all the rest

زیرا این باید برای همیشه یک راز باشد و از بقیه پنهان بماند

This secret must remain a secret between yourself and me

این راز باید بین من و تو مخفی باقی بماند

the king was very impressed

پادشاه بسیار تحت تأثیر قرار گرفت

"That's the most important piece of evidence we've heard yet"

"این مهمترین مدرکی است که تاکنون شنیده ایم"

"I don't believe those verses carry an atom of meaning," objected Alice

آلیس اعتراض کرد» :من معتقد نیستم که آن آیات ذره ای از معنا را حمل می کنند

the King had his own opinion on the matter

پادشاه نظر خود را در این مورد داشت

"If there's no meaning in those words, that saves a world of trouble"

"اگر معنایی در این کلمات وجود نداشته باشد، دنیایی از دردسر را نجات می دهد"

"then we needn't try to find the meaning"

"پس لازم نیست سعی کنیم معنی را پیدا کنیم"

"Let the jury consider their verdict"

"بگذارید هیئت منصفه حکم خود را بررسی کند"

"No, no!" said the queen

ملکه گفت» :نه، نه«!

"Sentencing first—verdict afterwards"

"اول محکومیت - بعد از آن"

"Stuff and nonsense!" said Alice loudly

"چیزها و مزخرفات "!آلیس با صدای بلند گفت

"how silly it is to sentence the defendant first!"

»چقدر احمقانه است که اول متهم را محکوم کنیم«!

"Hold your tongue!" said the queen, turning purple

ملکه گفت» :زبانت را نگه دار«!

"I will not hold my tongue!" said Alice

آلیس گفت» :من زبانم را نگه نمی دارم«!

the queen shouted at the top of her voice

ملکه با صدای بلند فریاد زد

"chop off her head!"

"سرش را قطع کن"!

Nobody made a movement

هیچ حرکتی انجام نداد

"Who cares what you say?" said Alice

آلیس گفت» :چه کسی اهمیت می دهد که چه می گویی؟«

she had grown to her full size by this time

او در این زمان به اندازه کامل خود رسیده بود

"You're nothing but a pack of cards!"

"تو چیزی جز یک بسته کارت نیستی"!

At this, all the cards rose up in the air

در این حالت، همه کارت ها در هوا بلند شدند

and all the cards came flying down upon her

و همه کارت ها روی او به پرواز درآمدند

she gave a little scream

او کمی جیغ زد

she was half afraid, but also angry

او نیمه ترسیده بود، اما در عین حال عصبانی بود

and she tried to fight the cards off of herself

و سعی کرد با کارت ها از خودش بجنگد

and then she found herself lying on the grass bank

و سپس خود را روی ساحل چمن دراز کشیده دید

her head was in the lap of her sister

سرش در دامان خواهرش بود

some dead leaves had landed on her face

چند برگ مرده روی صورتش فرود آمده بود

and her sister was gently brushing the leaves away

و خواهرش به آرامی برگ ها را پاک می کرد

"Wake up, Alice dear!" said her sister

خواهرش گفت» :بیدار شو، آلیس عزیزم«!

"what a long sleep you've had!"

"چه خواب طولانی داشتی"!

"Oh, I've had such a curious dream!" said Alice

آلیس گفت» :اوه، من چنین رویای عجیبی دیده ام«!

And she told her sister all she could remember

و او هر آنچه را که به یاد می آورد به خواهرش گفت

all the strange adventures that you have just been reading
about

تمام ماجراهای عجیبی که به تازگی در مورد آنها خوانده اید

Alice got up and ran off

آلیس بلند شد و فرار کرد

and she thought, while she ran, about her dream

و در حالی که می دوید، به رویای خود فکر کرد

"what a wonderful dream it had been!"

"چه رویای شگفت انگیزی بود"!